비블리아 고서당 사건수첩 2
― 시오리코 씨와 미스터리한 일상

원제 biblia koshodo no jikentecho 2

© EN MIKAMI 2011
First published in 2011 by ASCII MEDIA WORKS Inc., Tokyo, Japan.
Korean translation rights arranged with ASCII MEDIA WORKS Inc., through KCC.

―

이 책의 한국어판 저작권은 (주)한국저작권센터(KCC)를 통한 ASCII MEDIA WORKS와의 독점 계약으로 (주)디앤씨미디어(D&C MEDIA)에 있습니다.
저작권법에 의해 한국 내에서 보호를 받는 저작물이므로 무단전재와 복제를 금합니다.

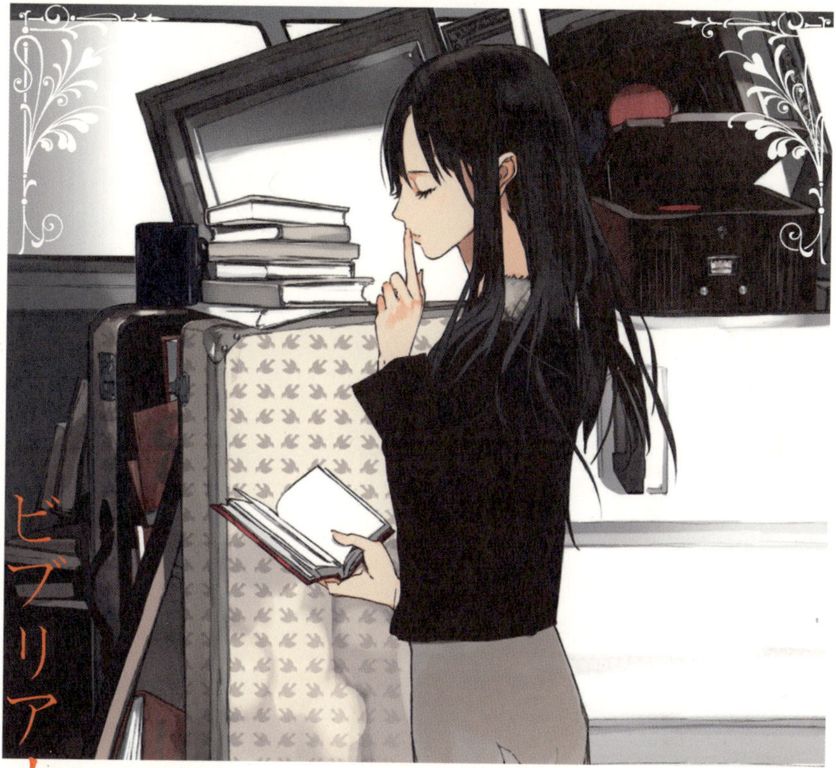

ビブリア古書堂の事件手帖

비블리아 고서당 사건수첩 2

— 시오리코 씨와 미스터리한 일상

미카미 엔 지음, 최고은 옮김

D&C BOOKS

비블리아 고서당 사건수첩 2
- 시오리코 씨와 미스터리한 일상

1판 16쇄 발행 2025년 3월 26일
지은이 미카미 엔 | **옮긴이** 최고은 | **펴낸이** 최원영
본부장 장혜경 | **편집장** 김승신 | **편집** 권세라 | **북디자인** 이혜경디자인 | **본문조판** 양우연
흑백 일러스트 녹시 | **마케팅** 김민원 조은걸 | **국제업무** 박진해 조은지 남궁명일
펴낸곳 (주)디앤씨미디어 | **출판등록** 2002년 4월 25일 제 20-260호
주소 서울시 구로구 디지털로 32길 30, 코오롱디지털타워빌란트 1301-1308호
전화번호 02.333.2513 | **팩스** 02.333.2514

ISBN 978-89-267-9365-7 (04830)
ISBN 978-89-267-9364-0 (SET)

정가 12,000원

잘못 만들어진 책은 구매처에서 바꾸어 드립니다.

비블리아 고서당 사건수첩 2

프롤로그 ◎ 사카구치 미치요 『크라크라 일기』(분게이슌슈) · 1	…007
제1장 앤서니 버지스 『시계태엽 오렌지』(하야카와NV문고)	…023
제2장 후쿠다 데이치 『명언수필 샐러리맨』(로쿠가쓰샤)	…103
제3장 아시즈카 후지오 『UTOPIA 최후의 세계대전』(쓰루쇼보)	…201
에필로그 ◎ 사카구치 미치요 『크라크라 일기』(분게이슌슈) · 2	…267
저자후기	…279

사카구치 안고 坂口安吾, 1906년~1955년

일본의 문인. 1931년 단편소설 「바람 박사」로 데뷔. 1946년 태평양 전쟁 패전 이후 일본의 혼란스러운 시대상을 논파한 에세이 「타락론」과 소설 「백치」가 큰 반향을 일으켜 시대의 총아로 떠오른다. 그 외의 대표작으로 「활짝 핀 벚꽃나무 아래에서」, 「간장 선생」이 있으며, 다자이 오사무와 함께 일본 전후 혼란기를 겪으며 기존의 가치와 도덕관에 비판적인 문예 사조인 '무뢰파'의 대표적 작가로 평가받는다. 1947년 가지 미치요와 결혼하고 활발한 작품 활동을 하다가 1955년 2월 급사했다. 2011년 그의 작품 세계관이 반영된 TV애니메이션 시리즈 《UN-GO》가 방영되었다.

프롤로그

사카구치 미치요 『크라크라 일기』 (분게이슌슈) · 1

달칵, 소리와 함께 가게 문을 열자 처마 끝에 앉아 있던 참새들이 파드닥 날아올랐다.

참새들은 일직선으로 도로를 가로질러 역 승강장까지 도망쳤다. 여느 때보다 수가 많은 걸 보니 누가 모이를 준 모양이다. 이 근처에는 잘 가꾼 넓은 정원이 있는 옛날 식 개인주택이 많으니, 정원에 날아드는 새들을 돌보는 사람 한둘쯤은 있으리라.

오늘도 날씨가 좋다. 바다에서 불어오는 미지근한 바람에는 지난여름의 타는 듯한 무더위가 아직 배어 있었다. 그러나 10월에 들어서고부터는 지붕 너머로 보이는 산의 푸른빛도 어느새 조금씩 빛이 바랬다.

이제야 기타가마쿠라에 가을이 찾아들고 있었다.

조금만 더 있으면 엔가쿠지나 겐초지 같은 사찰에 단풍 여행을 온 관광객들이 몰려들리라.

나는 회전식 간판을 바깥에 내다놓았다. 검은색 배경에 붓으로 쓴 듯한 하얀색 글씨가 예스러웠지만, 간판 자체는 새것이었다.

얼마 전까지 쓰던 간판이 어떤 사건으로 인해 망가지는 바람에 이 동네에서 오랫동안 영업해온 대장간에 똑같은 사양으로 주문했다고 한다. 품질은 좋았지만 무거운 게 단점이었다.

낑낑대며 간판을 바깥에 내놓고, '고서 매입합니다, 성실하게 감정해 드립니다'라고 적힌 면을 반쯤 돌렸다. 가게 이름이 나왔다.

비블리아 고서당

그렇다. 이곳은 고서점이다. 수십 년 전부터 기타가마쿠라에서 영업을 해온 전통 있는 가게다. 나는 여름부터 이곳에서 일하고 있다.

이렇게 설명하면 중간 과정이 많이 빠지긴 한다. 사실 한번 관뒀다가 지난주에 다시 돌아온 참이었다.

얼마 되지 않는 기간 동안 그만뒀다가 돌아왔다가 정신

이 없지만, 많은 일들이 있어서 한마디로는 다 설명되지 않는다. 그동안 있었던 일들을 정리하면 책 한 권은 거뜬히 나오겠지.

여하튼 지금은 가게 문을 열 준비를 해야 한다.

100엔 세일하는 책들이 쌓인 매대를 가게 밖에 내놓고 다시 들어와서 통로에 쌓인 먼지를 먼지떨이로 털어냈다. 책장뿐 아니라 통로에까지 산더미처럼 쌓인 책 더미에서 오래된 종이 특유의 습한 냄새가 난다.

이 가게에서 주로 다루는 책은 문학과 역사, 종교 등 인문학 계열 전문서적이다. 최근에 출판된 책은 거의 없다. 고서점이니 당연한 소리겠지만, 여기 들어오기 전에는 어느 집 책장에 꽂혀 있던 책들이다.

모든 책들은 저마다 과거를 짊어지고 있다.

주인이 소중히 아끼며 애독했던 책도 있지만, 방치된 채 기억에서 사라진 책도 있으리라.

여러 사람의 손을 거친 낡은 책에는 내용뿐 아니라 책 자체에도 이야기가 존재한다고 한다. 이곳에 있는 책들도 언젠가 새 주인을 찾아 새로운 이야기를 이어가겠지.

물론 팔릴 경우의 이야기지만.

"……우라 씨."

등 뒤에서 가냘픈 목소리가 들렸다. 나는 하던 일을 멈추고 뒤돌아보았다.

계산대 안쪽 벽에 가게 주인이 사는 안채로 통하는 문이 있다. 목소리는 그 문 너머에서 들렸다.

지금 안채에는 주인이 있었다. 아까 계산대에 잔돈을 채워놓고 나서 가져올 게 있다며 안채로 들어간 뒤 나올 기미가 보이지 않았다.

"고우라 씨."

나를 부르는 소리였다.

계산대 안으로 들어가 문을 열었다. 좁은 현관 너머로 어두컴컴한 복도가 보였다. 목소리 주인의 모습은 보이지 않았다.

"……송합니다, 저기……."

천장 쪽에서 희미하게 목소리가 들렸다. 2층에 있는 모양이었다.

잠시 망설이다 신발을 벗고 안으로 들어갔다.

안채 역시 가게처럼 지은 지 오래된 건물이었다. 걸음을 뗄 때마다 복도가 삐거덕거리는 소리가 들렸다.

평소 화장실에 갈 때 말고는 안채에 출입한 적이 없었다. 종업원이 주인집에 마음대로 드나들 수는 없는 일이다. 더구나 젊은 여자 둘만 사는 집이기에 한층 조심하게 된다.

"무슨 일 있습니까?"

나는 계단 밑에서 위층을 향해 말했다.

계단의 방향이 중간에서 바뀌는 탓에 여기서는 2층이 보이지 않는다. 새 난간을 달아놓은 건 오르내리기 편하게 하기 위해서이리라. 위층에 있는 사람은 다리가 불편하다.

"……잠깐…… 주세요……."

탁한 목소리가 들렸다. 잠깐 와보라는 뜻인지, 잠깐 기다리라는 뜻인지 알 수 없었다.

"올라갈까요?"

"……네."

무슨 일이지?

계단을 올라가며 온몸에 긴장이 흐르는 것을 느꼈다. 2층에는 주인의 방이 있다고 들었다.

예의 없이 두리번거리면 안 되긴 하는데…….

"우와."

어스름한 2층에 발을 들여놓은 순간, 나는 눈이 휘둥그레졌다.

짧은 복도에 내 허리께까지 쌓인 낡은 책무더기가 여기저기 널려 있었다. 모르는 사람이 보면 창고로 착각할지도 모른다.

책무더기 한가운데에 간신히 사람 하나 지날 만한 좁은 길이 이어져 안쪽 미닫이문까지 닿았다.

사실 이런 광경이 그리 낯설지는 않았다. 비블리아 고서당의 주인은 책만 읽으면 행복한, 이른바 '책벌레' 같은 사람이기 때문이다.

얼마 전까지 입원하고 있던 그녀는 병실에까지 산더미 같은 책을 들여놔서 간호사에게 여러 번 잔소리를 들었다.

복도 끝 방 앞에서 걸음을 멈추며 말을 걸려던 순간, 이상한 것이 눈에 들어왔다. 낡은 책들이 쌓인 방문 앞 왼쪽 벽이었다.

날개를 접은 작은 하얀 새가 보였다.

물론 진짜 새는 아니다. 책과 벽 사이에 새 그림을 그린 캔버스가 끼어 있어서, 그 끄트머리가 언뜻 보인 것이다.

'웬 그림이 여기 있지?'

나는 고개를 갸웃거렸다.

제법 낡은 그림인 듯, 압정이 박힌 윗면에 뽀얗게 먼지가 쌓여 있었다.

벽에 걸어놓은 것도 아니고 창고에 보관한 것도 아니다. 그저 책 사이에 아무렇게나 끼워놓다니, 왠지 수상했다.

그림 자체의 느낌도 좀 이상했다. 하얀 새 뒤에 정신없이 쌓인 책무더기가 그려져 있는 것이다. 이 복도를 보고 그린 것 같았다.

책무더기를 모티프로 삼은 그림이라니. 그런 것도 있나?

보이지 않는 쪽에는 무엇이 그려져 있는지 궁금했다.

드르륵, 장지문이 열리는 소리에 퍼뜩 정신이 들었다.

"아."

내가 낸 소리가 아니다.

검은 생머리를 늘어뜨린 자그마한 여성이 나타났다.

작은 꽃무늬가 들어간 파란 원피스에 카디건을 걸친 수수한 차림새였지만, 하얀 피부를 가진 청순한 미모였다. 나이는 아마 20대 중반일 것이다.

그녀의 가냘픈 콧등 위에 놓인 안경이 내 가슴에 부딪칠 뻔했다. 너무 가까웠다.

"죄, 죄송해요."

그녀는 화장기 없는 얼굴을 붉히며 위태롭게 한 발짝 물러섰다. 순간 비틀거리다가 팔걸이가 달린 지팡이로 균형을 잡았다.

그녀의 이름은 시노카와 시오리코. 비블리아 고서당의 주인이다.

"괜찮으십니까?"

"아, 네."

그녀는 부끄러운 듯 내 눈을 피해 뒤를 돌아봤다. 아니, 바닥에 쌓인 《현대 대중문학 전집》이 무사한지 확인하는 것 같았다.

장지문 너머에는 칸막이를 치워 두 방을 하나로 합친 방이 있었다. 이곳이 그녀가 생활하는 공간인 듯하다. 남쪽으로 난 창문가에 놓인 침대와 옷장이 보였다.

가구는 딱 그뿐으로, 그 외엔 어디를 봐도 책밖에 없었다. 유리문 달린 나무 책장에 수많은 백과사전이 가지런히 꽂혀있는가 하면, 철제 선반에도 각양각색의 문고본들이 빼곡했다. 선반 위에도 커다란 사진집과 미술서적들이 천장에 닿을 정도로 쌓여있었고, 바닥에는 철학 사상과 역사 전문서, 낡은 문학전집에서 만화 잡지 과월호에 이르기까지 수십 가지 잡다한 책들이 더미를 이루었다.

복도만 아니라 방 안도 발 디딜 공간이 마땅치 않았.

복도에 있는 수많은 책들은 원래 방 안에 있던 게 분명하다. 내버려두면 책의 홍수가 계단을 타고 내려와 1층까지 휩쓸지 않을까.

"도저히 다 정리할 수가 없어서요. ……지저분하죠?"

"아, 아뇨."

빈말은 아니었다. 그녀가 소장한 책이 어마어마하다는 건 이미 아는 바였다. 오히려 이 방에 있으니 왠지 모르게 마음이 편했다.

나도 책을 싫어하지는 않는다. 관심이 있지만 읽지를 못한다. 열 쪽만 넘겨도 등줄기에 식은땀이 흐르고 손가락이 덜덜 떨리기 때문이다.

　심리적인 원인 탓이라고들 하는데, 나는 그냥 '체질' 탓으로 돌린다.

　읽지는 못해도 책에는 관심이 있다. 책에 '대한' 이야기에도.

　"그나저나 무슨 일로 부르셨죠?"

　"……네, 이 책 묶음을 아래층으로 내려다 주실래요? 제 책인데 이제 안 읽어서……. 세일 매대에 놓아두세요."

　그녀는 옆을 가리키며 말했다.

　비닐 끈으로 묶어놓은 양장본이 쌓여있었다. 스무 권쯤 되는 묶음 두 개가 보였다. 가장 위에 있는 책을 보아하니 소설이나 수필 종류 같았다. 모두 낡은 책이었지만 상태는 나쁘지 않았다.

　"이 책들을 100엔에 파시게요?"

　"아뇨. 300엔과 500엔짜리 가격표를 붙여주세요. 가장 위의 책은 500엔, 그 밑의 책은 전부 300엔이요. 일단 상태를 확인해보세요."

　시노카와 씨의 말투가 약간 유창해졌다. 책 이야기를 할 때면 항상 생기가 돈다.

　"지금 매대에 놓은 '전부 100엔'이라는 팻말은 떼어주세요."

　"알겠습니……!"

고개를 끄덕이려던 나는 화들짝 놀랐다.
 설명을 마친 시노카와 씨가 허리를 숙여 왼손에 든 책 묶음을 내 발밑에 내려놓는데, 그 바람에 가슴이 깊이 파인 헐렁한 원피스의 속이 훤히 들여다보인 것이다.
 횡재했다! ……라기보다는 솔직히 눈을 어디다 둬야 할지 민망했다.
 그렇다고 곧이곧대로 지적할 수도 없는 일이다. 나는 바닥에 무릎을 꿇어서 아예 눈에 들어오지 않게 했다.
 "어, 밑에 있는 책이 500엔이라고 하셨죠?"
 민망한 마음에 공연히 질문을 던지자, 눈앞을 하얀 손가락이 가로질렀다.
 "아뇨. 위쪽 책이 500엔이에요."
 정면에서 내 머리 위로 허리를 구부리고 있는지, 목덜미 바로 옆에 풍만한 가슴이 느껴졌다.
 그녀의 검은 머리칼이 귓가를 간질였다.
 한심하게도, 나는 꼼짝할 수 없었다.
 "죄송해요. 제 설명이 어려웠나요?"
 감미로운 목소리가 속삭였다.
 아마 일부러 이러는 건 아니겠지. 그래서 더 곤혹스럽다.
 "괘, 괜찮습니다."
 두근거리는 가슴을 가라앉히려고 비닐 끈으로 묶어놓은

책등을 뚫어져라 바라보았다.

크라크라 일기

책 제목이 눈에 들어왔다. 지은이는 사카구치 미치요.
살짝 흘려 쓴 듯한 제목이 회색 바탕에 인쇄되어 있었다. 어찌된 영문인지 같은 책이 다섯 권이나 있다.
크라크라 일기, 크라크라 일기, 크라크라, 크라크라……. 마치 지금 내 마음을 꿰뚫어본 듯한 제목에 짜증이 났다일본어로 크라크라くらくら는 현기증이 나는 모양, 어질어질하다는 뜻이다.
"……『크라크라 일기』는 어떤 책이죠?"
나는 그렇게 물었다.
잠시 침묵이 흘렀다.
"사카구치 안고가 세상을 떠난 뒤 부인이 쓴 수필이에요."
그래서 저자의 성이 사카구치였구나.
사카구치 안고의 이름은 들어본 적이 있다. 꽤 옛날 작가였던 걸로 기억한다. 내가 알 정도니까 분명 유명인이리라. 아쉽게도 그의 작품을 읽어본 적은 없지만.
"안고와의 첫 만남부터 사별하기까지 있었던 일들을 그린 작품이에요. 죽은 남편과의 생활에 대한 그리움이 묻어나는 좋은 수필이지요."

목소리가 작아서 억양이 느껴지지 않았다.
"제목의 '크라크라'는 무슨 뜻인데요?"
"안고가 죽은 후 미치요 부인이 긴자에 연 바예요. 이 책 후기에 보면 안고와 친했던 문인 시시 분로쿠가 지어준 이름이라고 적혀 있어요. 문인들이 많이 찾는 가게였다고 해요."
척하면 척 대답이 돌아왔다. 책에 대한 시노카와 씨의 지식량은 어마어마하다.
"술에 취해서 '어질어질' 하다는 뜻인가요?"
"아뇨, 이건 프랑스어예요. 참새라는 뜻이 있다고 하네요."
"참새요?"
뜻밖의 대답이었다.
"네. 어디에나 있을 법한 평범한 소녀의 별명이라고 들었어요."
참새라는 말을 듣는 순간 아까 복도에서 본 그림이 떠올랐다. 거기 그려진 새는 하얀색이니 참새 종류는 아니겠지만.
가벼운 한숨이 내 머리를 스치고 지나갔다.
책 이야기를 할 때면 항상 약간 흥분한 상태였는데. 시노카와 씨가 이런 때 한숨을 짓는 일은 처음이었다.
"무슨 일 있으세요?"
나는 힐끗 그녀를 보며 물었다. 잔주름이 들어간 원피스의 허리가 시야를 막았다.

"네? 아, 아뇨."

시노카와 씨는 허리를 펴고 멀찍이 물러났다. 여전히 표정이 보이지 않았다.

"그냥 이 책을……."

"책이요?"

"왠지 이 책을 좋아할 수가 없어서요. 잘 쓴 수필인데……."

취향에 맞지 않는 책이라는 뜻일까.

뭐, 싼 값으로 처분하려는 걸 보면 그런 모양이다. 아무리 책을 좋아하는 사람이라도 좋고 싫은 구별은 하겠지.

나는 양손에 책 묶음을 들고 일어났다.

"그럼 밖에 내다놓겠습니다."

"……부탁드릴게요."

나는 방에서 나가 책무더기와 부딪치지 않도록 조심스레 걸음을 옮겼다. 다섯 권의 『크라크라 일기』가 그 장단에 가볍게 흔들렸다.

불현듯 작은 의문이 뇌리를 스치고 지나갔다.

'왜 싫다는 책을 몇 권씩이나 가지고 있지?'

소장하고 있다는 건 직접 샀다는 뜻이리라. 별로 좋아하지 않는다는 책을 어째서 중복으로 샀을까?

나는 걸음을 멈추고 뒤돌아 열린 문을 바라보았다.

'……별일 아니겠지.'

나는 어깨를 으쓱하고 계단을 내려갔다. 깊이 생각할 필요 없는 일이다.

어딘가에서 희미하게 새 지저귀는 소리가 들렸다. 참새 소리일지도 모른다.

그 뒤로 나는 이 책에 대해 까맣게 잊었다.

アントニー・バージェス『時計じかけのオレンジ』—ハヤカワNV文庫

01
시계태엽 오렌지

앤서니 버지스

하야카와 NV문고

앤서니 버지스 | Anthony Burgess, 1917~1993

영국의 문인. 1956년 소설 『호랑이를 위한 시간』으로 데뷔. 1962년 '밀크 바'로 대표되는 퇴폐적인 청소년 문화를 소재로 한 『시계태엽 오렌지』가 큰 반향을 얻고, 1971년 스탠리 큐브릭 감독에 의해 영화화되어 전 세계적인 히트를 한다. 큐브릭의 영화가 개봉한 후 청소년들이 알렉스의 비행을 모방하여 찬반논란이 벌어지기도 했다.

하야카와문고 | ハヤカワ文庫

일본의 출판사 하야카와쇼보早川書房가 1970년 '하야카와SF문고'를 창간하며 시작한 문고판 서적 브랜드. 주로 SF와 미스터리 장르의 해외 번역서로 유명하다.

전기소설 | 傳奇小說

중국 당唐대에 형성된 문예 양식. 말뜻을 풀이하면 '기이함을 전하는 이야기'이다. 민중의 일상 세계에 요괴, 도사, 요술 등 비일상적인 요소가 등장한다는 특징이 있다. 일본에서는 역사소설과 관련이 깊다.

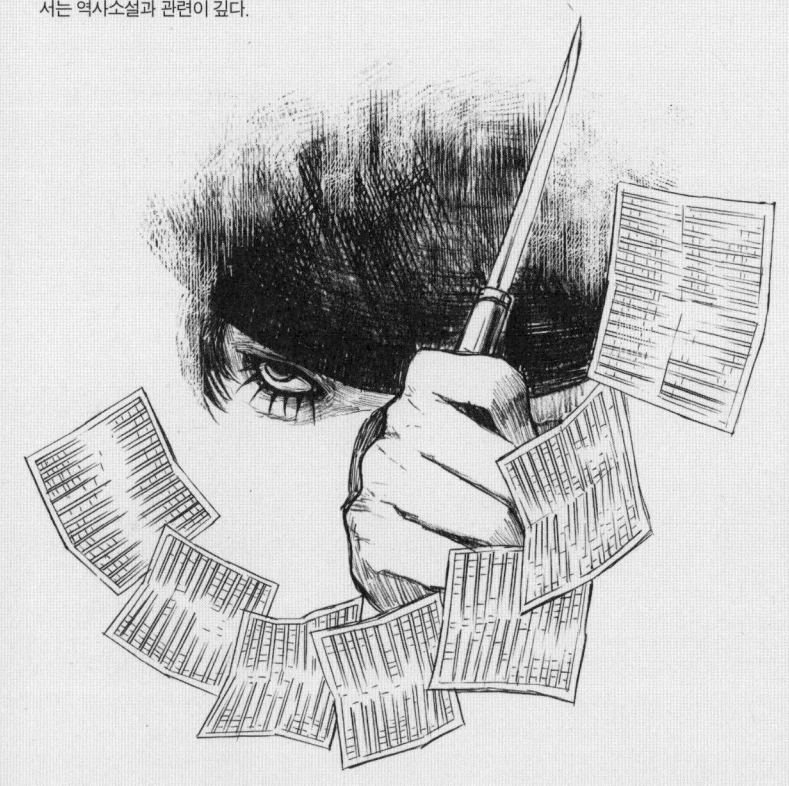

1

나는 책에 대해 정말 아는 게 없다.

그 사실을 새삼 뼈저리게 깨달았다. 자랑스럽게 밝힐 일은 아니지만 사실이니 어쩔 수 없다.

발단은 오후에 받은 한 통의 팩스였다.

점심시간에는 시노카와 씨와 교대로 가게를 보기 때문에 그때 가게에는 나 혼자였다. 때마침 손님도 없는 시간대였기에 매대에 추가할 책에 가격표를 붙이고 있자니, 계산대 구석에 있는 팩스가 종이 한 장을 뱉었다.

桃源社에서 나온 国枝史郎의 蔦葛木曽桟 완전판을 찾

고 있습니다.

다시 전화 드리겠습니다.

재고 문의인 것 같았다.

손님에게 이런 메일이나 팩스를 받은 적도 드물지 않았다. 인터넷 고서 검색 사이트에서 찾는 편이 훨씬 효율적이지만, 컴퓨터나 휴대전화를 가지고 있지 않은 연배의 손님들도 은근히 많다.

내용을 읽은 나는 팩스 용지를 가만히 들여다보았다.

떨리는 손으로 쓴 듯한 힘없는 글씨를 읽기 힘들어서가 아니었다.

음. '桃源社'는 '도겐샤'라고 읽으며 출판사 이름일 것이다. '国枝史郎'는 '구니에다 시로'라고 읽고, 아마 저자 이름이겠지. 문제는 그 다음이다.

'대체 이건 뭐라고 읽는 거야?'

'蔦葛木曽桟'. 책 제목에 해당하는 한자를 읽을 수 없었다. 어디서 끊어서 읽어야 하는지조차 알 수가 없다.

나는 안채로 통하는 문을 돌아봤다. 시노카와 씨는 분명 알고 있을 텐데.

문고리를 잡은 순간 전화벨이 울렸다. 나는 팩스 용지를 든 채 다른 쪽 손으로 수화기를 들었다.

"감사합니다. 비블리아 고서당입……."

"아까 팩스를 보낸 사람입니다."

인사를 마치기도 전에 쉰 목소리의 남자가 말을 끊었다. 부드러운 말씨에서 간사이 쪽 억양이 느껴졌다.

'아까'라곤 해도 팩스를 받은 지 아직 1분도 지나지 않았는데.

"재고가 있습니까? 구니에다 시로의 책."

남자는 숨 돌릴 틈도 주지 않고 물었다. 급하게 찾는 책인지도 모른다.

책 제목이나 어떻게 읽는지 알려주면 좋을 텐데. 하지만 상대는 그저 내 대답을 기다리는 듯하다.

"……지금 찾는 중이니 잠시만 기다려주시겠습니까?"

통화 보류 버튼을 누르려다 동작을 멈췄다.

무슨 책인지도 모르는데 어떻게 찾지?

"저어, 찾으시는 책이 소설입니까?"

"당연하죠. 설마 무슨 책인지 모릅니까?"

나는 꿀꺽 침을 삼켰다. 거짓말로 둘러댈 수도 없어서 솔직하게 말했다.

"네, 죄송합니다."

수화기 너머로 코웃음 소리가 들렸다. 어처구니없어하는 것일까, 아니면 비웃은 것일까.

"가게에 전화 받으시는 분 혼자밖에 없습니까?"

"……네."

"그래요? 책에 대해 잘 모르나 보군요."

말을 마친 남자는 느닷없이 전화를 끊었다.

홀로 덩그러니 남겨진 기분이었다.

어느새 등줄기에 식은땀이 흘렀다.

"사과조차 받아주지 않는 손님은 정말 화가 난 거야. 명심하거라."

작년에 돌아가신 할머니의 목소리가 귓가에 울려 퍼지는 것 같았다.

오후나에서 오랫동안 식당을 꾸려온 할머니의 교훈은 지금 이 상황에 딱 들어맞았다.

내 대답이 손님을 화나게 한 것이다. 손님에게 책에 대해 묻는 고서점에 누가 찾아오겠는가.

"……왜 그러세요?"

돌아보니 긴 머리의 여성이 옆에 서 있었다. 안경 너머로 내 얼굴을 올려다보고 있다.

주인인 시노카와 씨였다. 어느 틈에 안채에서 가게로 건너온 모양이다.

"전화가 왔었나요?"

"재고 문의 전화였습니다. 그전에 이런 팩스가 왔는데

요……."

 말을 꺼내기가 힘들었지만, 아까 온 팩스 용지를 내밀었다.

 팩스를 보자마자 시노카와 씨의 표정이 환해졌다.

 "아,『쓰타카즈라키소노카케하시』말이군요. 초판이 있어요."

 "쓰, 쓰타 뭐요?"

 "쓰타카즈라, 키소노, 카케하시,예요. 무척 재밌는 책이랍니다. 구니에다 시로가 다이쇼 시대에 발표한 전기소설인데, 무로마치 시대 말을 배경으로 미모의 오누이가 부모의 원수인 키소 영주에게 복수하는 이야기죠. 어릴 적에 읽었는데, 등장인물들이……."

 "자, 잠깐만요."

 저도 모르게 시노카와 씨의 이야기에 빠져들 뻔했지만 정신 차리고 제동을 걸었다.

 뒷이야기를 듣고 싶은 마음은 굴뚝같았지만, 그전에 실수를 보고해야 한다.

 "실은 찾으시던 분이 취소하셨습니다. 제가 말을 잘못해서요."

 나는 변명처럼 들리지 않도록 간략하게 사정을 설명했다.

 시노카와 씨는 고개를 끄덕이며 이야기를 다 듣더니, 오른손에 든 지팡이에 몸을 기대어 허리를 굽혔다. 그리고 내가 든 팩스용지를 자세히 들여다보며 아쉬운 듯 말했다.

"이분은 번호를 발신자 표시 제한으로 설정했네요."

말인즉슨 다시 전화를 걸어서 사과할 수도 없다는 뜻이다. 재고가 있었는데 아쉽게 됐다.

"……죄송합니다."

나는 고개를 숙였다.

내 시무룩한 표정을 보고 시오리코 씨는 위로하듯 주먹을 꼭 쥐며 말했다.

"시, 신경 쓰지 마세요. 고우라 씨는 아직 일한 지 얼마 되지 않았잖아요. 지금은 어설프지만 하나씩 배워 가면 돼요!"

"……."

역시 시노카와 씨의 눈에도 어설프게 보이는 건가.

날 위로하려고 한 말이겠지만 오히려 울적해졌다.

이처럼 어설프기 짝이 없는 나, 고우라 다이스케는 할머니의 유품인 소세키 전집을 당시 입원 중이던 시노카와 씨에게 들고 가 감정을 부탁한 일을 계기로 이곳 비블리아 고서당에서 일하게 되었다. 시노카와 씨는 다리를 다쳐서 입원 치료 중이었다.

시노카와 씨에게는 책에 대한 막대한 지식 말고도 또 하나의 특기가 있다. 오래된 책에 얽힌 수수께끼라면 아무리 실마리가 사소하든, 누군가에게 곁가지로 들은 이야기든 개의치 않고 멋지게 해결하는 것이다. 그녀는 내가 가져온 소세키 전집에 감춰진 할머니의 비밀도 타의 추종을 불허하는 통찰력으로 알아냈다.

가게에서 일해달라고 먼저 말을 꺼낸 사람은 시노카와 씨였다. 나는 체력 말고는 볼 게 없는 취업준비생이었지만, 읽지도 못하는 주제에 책에 관심이 많았다. 책 이야기를 하기 좋아하는 미녀의 부탁을 거절할 이유가 없었다.

비블리아 고서당에서 일하게 된 이래 나는 오래된 책에 얽힌 수수께끼를 풀어나가는 시노카와 씨의 화려한 솜씨를 직접 눈앞에서 봐왔다.

그러나 그녀가 가진 다자이 오사무의 『만년』 초판에 얽힌 사건 때문에 가게를 그만두었다.

시노카와 씨는 광적인 고서 마니아에게서 소중한 『만년』과 자기 목숨을 지키기 위해 다른 사람의 믿음을 저버렸던 것이다. 그 사실을 나는 받아들일 수 없었다.

얼마 후 퇴원한 그녀는 다시 취직을 준비하던 내 앞에 나타나 무엇보다 소중한 『만년』 초판을 건네며 화해의 뜻을 전했다.

나는 책 대신 그 내용에 대해 자세히 이야기해달라고 했다.

우리는 그렇게 화해했다.

날이 저물 때까지 『만년』에 대해 이야기하고 나서, 그녀는 불현듯 정색하며 자세를 바로 했다.

"저, 저기…… 고우라 씨."

시노카와 씨가 갑자기 말을 더듬기 시작했다.

드디어 올 것이 왔구나.

나는 허리를 꼿꼿이 폈다.

"우, 우리 가게에서 다시 이, 일……."

우리 가게에서 다시 일해달라는 말을 하려는 모양이다.

귀까지 빨개진 그 사랑스러운 모습에 영혼을 빼앗길 것 같았다.

"그, 그러니까…… 다시……."

듣는 내 손에 힘이 들어갔다.

차라리 내가 먼저 일하겠다고 할까도 생각했지만, 쉽게 말을 꺼낼 수 없는 사정이 있었다. 그날 본 면접이 왠지 느낌이 좋았던 것이다.

그녀 역시 면접용 양복을 빼입은 내 모습을 보고 입이 쉽게 떨어지지 않았으리라.

결국······.

"다시, 가, 가까운 시일 안에 연락드려도 될까요?"

"네? 그, 그럼요."

이야기는 거기서 끝났다.

택시를 타고 기타가마쿠라로 돌아가는 그녀를 배웅하고 나서 나는 머리를 싸안고 고뇌했다.

얌전히 취직해 정사원이 될 것인가, 아니면 미인이지만 괴짜인 고서점 주인 밑에서 아르바이트로 일할 것인가······.

결론부터 말하자면 깊이 고민할 필요도 없었다.

며칠 뒤, 면접을 본 식품회사에서 불합격 통보가 날아왔다.

원자재 가격 상승으로 인한 매출 악화로 당초 예정보다 채용 인원을 줄일 필요가······ 어쩌고저쩌고. 긴 변명 끝에 앞으로 건승을 기원한다는 상투적인 문구가 적혀 있었다.

인터넷에서 그 회사를 검색해보니 면접관의 반응이 쓸데없이 좋아서 내심 기대했다 물 먹었다는 사람을 여럿 찾을 수 있었다. 나도 그 중 하나였던 것이다.

방구석에서 축 처져있자니 시노카와 씨에게 전화가 왔다.

딱히 볼일이 있어서가 아니라 연락하겠다는 약속을 지키려 한 모양이었다.

솔직하게 면접 결과를 말하고 다시 가게에서 일해도 되겠느냐고 묻자, 그녀는 약간 들뜬 말투로 흔쾌히 승낙했다.
"무, 물론이죠! 저, 저야말로 잘 부탁드립니다."
왠지 내가 있어야 할 곳으로 돌아간 듯한 기분이 들었다.

2

"……다음은 오른쪽 끝 책장 두 번째 단에 저기 있는 책을 꽂아주세요."
가게 안쪽에서 시노카와 씨의 가녀린 목소리가 들렸다.
"네, 알겠습니다."
계산대 위에 쌓인 책무더기를 들고 시노카와 씨가 가리킨 입구 근처 책장으로 갔다.
일본 역사 코너였다. 구석구석 빈 곳이 많았다. 나는 빈 공간에 검은 책등의 전문서적을 꽂았다.
이곳으로 돌아오고 나서부터 줄곧 가게 안의 책을 보충하거나 바꾸는 작업을 하고 있었다. 원래 고서점에서는 정기적으로 상품을 교환해야 한다고 들었다.
고서점을 찾는 손님들은 대부분 단골들이다. 언제 와도 새로울 것이 없는 가게를 누가 찾겠는가.

다루는 상품은 오래된 책이지만, 계속 똑같은 책을 진열해놓는 건 아니고, 그래서도 안 된다고 한다.

생각해보면 당연한 이야기였다.

시노카와 씨가 가게로 복귀하고 나서 매입 고객이 늘어났다. 지금에는 가게로 가져오면 매입하는 데 그치지만, 조만간 손님의 자택으로 찾아가는 '출장 매입'도 다시 시작할 작정이라고 한다.

시노카와 씨는 나에게 지시를 내리며 컴퓨터 앞에 앉아 통신판매 업무까지 하고 있었다. 지금은 들어온 상품을 고서적 검색 사이트에 업데이트하는 중이었다.

내가 혼자 가게를 보던 때와는 분위기가 확연히 달랐다.

역시 가게에는 주인이 있어야 한다.

한편 좀 마음에 걸리는 점도 있었다.

"시노카와 씨, 이 책은 어느 칸에 꽂으면 될까요?"

나는 그녀를 향해 책 한 권을 들어보였다. 나와 유미오의 『짓테+手, 일본의 무기이자 체포 도구 · 포승 사전』.

계산대 안에 있는 시노카와 씨의 모습은 높다랗게 쌓인 책에 가려 보이지 않았다.

그녀는 책 사이로 빼꼼 얼굴을 내밀었다.

"그 책장 세 번째 칸 『에도의 제도』 옆에 꽂아주세요."

그녀는 짧게 답하고 다시 하던 일을 계속했다.

시노카와 씨는 책 울타리 안에서 거의 움직이지 않았다.

물론 매입 손님이 올 때는 나와서 직접 상대했다. 거의 기어들어가는 목소리로 신분증을 보여달라고 말하다가, 책 이야기가 나오는 순간 딴 사람처럼 돌변해서 술술 말을 이어나갔다. 손님이 약간 난색을 표할 정도의 변화였다.

볼일을 마친 손님이 가게를 나서면 기진맥진한 얼굴로 다시 책무더기 사이로 들어갔다. 내색은 하지 않았지만 정말 손님 대하는 일이 힘에 부치는 모양이었다. 능력이 없는 게 아니라 성격이 맞지 않는 듯하다.

그녀의 마음고생을 말해주듯 사방을 둘러싼 책무더기가 서서히 높아졌다.

그런 까닭에 계산처럼 지식이 필요 없는 일은 가급적 내가 도맡아 하게 되었다. 생판 초짜나 다름없는 내가 당장 할 수 있는 일은 달리 없었다.

"이제 곧 문 닫을 시간이네요."

계산대 안쪽에서 시노카와 씨가 말했다.

유리문 바깥을 보니 부드러운 저녁노을이 아스팔트를 물들이고 있었다. 어느새 해가 기울었을까.

"정리 끝났는데 마감해도 될까요?"

"부탁드려요."

손이 빈 나는 계산대로 돌아가려다 불현듯 책장 한 구석을 보았다.

옛날 전기소설과 탐정소설 코너였다. 에도가와 란포 전집 옆에 구니에다 시로의 『쓰타카즈라키소노카케하시 완전판』이 꽂혀 있었다.

무심코 꺼내서 첫 장을 펼쳤다. 순간 등줄기를 타고 가벼운 전율이 흘렀다. 내용에 무슨 문제가 있어서가 아니라 책을 읽지 못하는 내 '체질' 탓이다. 서둘러 문장을 읽어 내려갔다.

무대는 전국시대인 모양이다. 두 남자가 예스러운 말투로 도저히 이 세상 사람 같지 않은 아름다운 기녀의 이야기를 하고 있었다.

"그 여자가 정말 요괴가 둔갑한 거라면……."
"둔갑? 그게 무슨 소린가?"
"자네는 아직 못 들었나 보군. 천하의 미색 니오도리에게는 입에 담기조차 끔찍한 저주가 걸려 있다는 소문이 있네."
"흐음, 그건 금시초문이로군."
"듣자하니 밤만 되면 순식간에 이승에서 저승으로 떠난다고 하네. 바꿔 말하면 밤마다 죽는 거지. 그렇게 일단 죽은 다음에 눈 깜짝할 사이에 다시 살아나는 거야……."

니오도리란 그 기녀의 이름인 모양이다.
죽었다 다시 살아난다니, 그게 무슨 뜻일까.
뒷이야기가 궁금했지만 지금은 근무 중이다. 나는 책을 다시 꽂았다.
아까 시노카와 씨는 이 책을 어릴 적에 읽었다고 했다. 아무리 봐도 성인 대상의 내용이고, 어려운 한자도 많았다. 무슨 뜻인지 제대로 알고 읽었을까.
"어릴 때부터 어려운 책을 읽었나 봐요."
안경을 낀 시노카와 씨가 책 더미 사이에서 얼굴을 내밀었다. 『쓰타카즈라키소노카케하시 완전판』을 보더니 입가에 수줍은 미소를 지으며 다시 책 뒤로 모습을 감췄다.
"한자를 빨리 깨친 편이거든요."
시노카와 씨의 목소리만 들렸다.
"만화나 아동문학도 좋아했지만, 어른들이 읽는 책에 관심이 많아서……. 달마다 용돈을 받으면 자전거를 타고 시마노서점으로 달려가 모든 서가를 차례대로 훑어봤어요. 『쓰타카즈라키소노카케하시』도 그즈음 산 책이에요. 문고판으로 복간되었거든요."
시마노서점은 오래된 서점 겸 문구점으로, 가마쿠라 역

근처의 와카미야 대로에 본점이 있다. 이 근처에 사는 사람이라면 누구나 한 번은 가본 적이 있으리라.

"시마노서점이라면 오후나 쪽 말입니까?"

오후나 역 앞의 상점가에도 지점이 있다. 나도 어릴 적부터 자주 드나들었다. 어쩌면 오다가다 한 번쯤 마주쳤을지도 모른다.

"아뇨, 오후나 지점과 가마쿠라 본점, 양쪽 모두 다녔어요. 구비된 책들이 달랐거든요."

"네?"

이곳 기타가마쿠라는 오후나 역과 가마쿠라 역의 중간에 있다. 자전거를 타더라도 그 두 역을 한 번에 도는 건 성인들에게도 벅찬 일이다. 도중에는 산비탈을 깎아서 만든 긴 언덕도 있다.

나는 자전거로 서점을 도는 초등학생 소녀를 떠올리려 했지만 마음처럼 쉽지가 않았다.

'어릴 적에는 어떤 아이였을까.'

잘 생각해 보니 나는 시노카와 씨에 대해 아는 게 얼마 없었다.

이 지역 출신이고, 작년에 세상을 떠난 아버지가 남긴 고서점을 물려받아 운영하고 있다. 그리고 책을 무척 좋아한다. 기껏해야 이 정도다.

지난 두 달 동안 책 말고 다른 이야기를 제대로 나눈 적이 없다.
"시노카와 씨는 어떤……."
질문하는 도중, 요란한 소리와 함께 유리문이 열렸다.
짧은 머리에 훤칠한 키의 여고생이 가게로 들어왔다.
또렷한 눈매가 의연한 인상을 주었다. 하얀 반소매 블라우스에 회색 치마는 산중턱에 있는 현립 고등학교의 교복이다. 참고로 내가 졸업한 학교이기도 하다.
"왔어?"
"안녕하세요."
고스가 나오는 꾸벅 고개를 숙이고 나서 경계하듯 가게 안을 두리번거렸다. 행동거지나 말투가 남자 같다.
"지금 사장님 안 계세요?"
"어? 아니……."
"됐어요, 일부러 부르지 않아도 돼요."
책에 가려서 보이지 않자, 안채에 있는 줄 아는 모양이었다.
나는 힐끗 계산대 안쪽을 보았다. 요즘 깨달은 사실인데, 고스가는 시노카와 씨가 가게에 있을 때는 오래 있으려 하지 않는다.
예전에 그녀는 작은 도난 사건을 저지른 적이 있다. 피해자에게 잘못을 빌고, 상대방도 흔쾌히 용서해줌으로써 일단락된 사건이다. 그 사건을 해결한 것이 바로 시노카와 씨였다.

시노카와 씨가 진상을 알아맞혔을 때의 충격을 아직도 잊지 못하는지, 고스가는 그녀가 '왠지 모르게 불편하다'고 했다. 무슨 생각을 하는지 훤히 들여다보는 것 같다나.

시노카와 씨도 고스가가 자신을 피한다는 사실을 알고 있다. 아마 일부러 자리를 피해준 것이리라.

"실은 고우라 선배의 조언을 듣고 싶은 일이 있어서 찾아왔어요."

"조언?"

"네, 들어주실래요?"

왜 나한테?

의아하긴 해도 단골손님의 부탁이니 거절할 수도 없다.

"⋯⋯말해봐."

"『시계태엽 오렌지』라는 책 읽어봤어요?"

"아니."

제목은 들어봤지만 어떤 내용인지는 모른다. 옛날 영화 제목인 줄 알았는데, 소설 원작이 있었구나.

내 대답에 고스가는 실망한 기색을 보였다.

"그래요? 고서점에서 일하니까 읽어봤을 줄 알았는데."

그러고 보니 이 소녀는 책을 읽지 못하는 내 '체질'을 모른다. 책에 대한 조언을 들을 수 있으리라 생각하고 날 찾아온 것 같다.

나보다 훨씬 적합한 사람이 바로 옆에 있는데.

"미안."

"미안하긴요. 그럼 감상이라도 들려줄 수 있어요?"

"감상?"

"이것 좀 읽어봐요."

고스가는 어깨에 메고 있던 가방에서 반으로 접은 종이를 꺼내 나에게 내밀었다. 펼쳐보니 원고지였다.

첫 번째 줄에는 깔끔한 글씨로 '앤서니 버지스의 『시계태엽 오렌지』를 읽고'라고 적혀 있었다. 독후감인 모양이다.

그다음 줄에는 '1학년 1반 고스가 유이'라는 이름이 적혀 있었다.

"동생이 쓴 거예요. 중학교 1학년인데 똑똑한 애예요."

"동생이 있었어?"

처음 듣는 이야기였다. 외동딸인 줄 알았는데.

"오빠도 있어요. 고우라 선배보다 몇 살 많을 걸요. 형제가 셋이에요."

가족 이야기가 나오자 표정이 밝아졌다. 형제들과 사이

가 좋은 모양이다.

"아무튼 동생이 여름방학 숙제로 이 감상문을 썼는데, 이것 때문에 가족들끼리 약간 다툼이 생겨서……."

3

앤서니 버지스의 『시계태엽 오렌지』를 읽고

1학년 1반 고스가 유이

 이 책을 읽고 나서 나는 베토벤 교향곡 제9번을 들었다. 작중에서 여러 번 등장한 음악이기 때문이다. 생각보다 길었지만 마지막 합창 부분이 무척 아름다워서 가슴이 두근거렸다.
 나는 무슨 내용인지도 모른 채 인터넷 서점에서 이 책을 샀다. 기계와 과일이 나올 줄 알았는데, 아무것도 나오지 않아서 깜짝 놀랐다.
 책은 끝까지 읽은 사람과 도중에 불쾌해져서 덮어버린 사람이 있을 것이다. 주인공 알렉스는 이상한 말을 지껄이고 나쁜 짓만 한다. 길에서 만난 사람을 때리거나, 남의 집에 침입해 돈을 뺏고 여자에게 못된 짓을 한다. 무슨 짓을 해도 반성이라고는 할 줄 모르고 동료들과 음악 이야기만 한다.

경찰에 붙잡혀서 감옥에 들어간 뒤에도 전혀 달라지지 않고, 끝내 세뇌를 당한다. 루도비코라는 약을 맞고, 사람이 죽거나 맞는 장면을 계속 강제로 본 탓에 절대로 나쁜 짓을 할 수 없는 성격으로 개조된다.

착한 사람이 되었지만 알렉스는 행복해질 수 없다. 이번에는 지금까지 자신이 괴롭혔던 사람들에게 보복을 당한다. 그럴지만 방어조차 하지 못한다.

"내가 무슨 태엽 달린 오렌지란 말이야?"

알렉스는 외친다. 시계처럼 정해진 행동밖에 하지 못하게 되었기 때문이다.

감옥에 있던 신부는 알렉스에게 말한다. 착해진다는 것은 끔찍한 일일지도 모른다고. 다른 사람의 강요로 착해진다고 해도 진정한 의미에서 착한 사람이 되었다고는 할 수 없다. 작가는 그렇게 말하고 싶었던 게 아닐까. 그보다 차라리 나쁜 짓을 하는 게 인간적일지도 모른다.

해서는 안 될 일이라도 관심을 가질 수는 있다고 생각한다. 누구의 마음에나 '악'은 존재한다.

마지막에 알렉스는 병원에서 다시 세뇌를 받아 나쁜 사람으로 돌아온다. 알렉스를 이용해 명성을 얻으려는 장관이 꾸민 짓이다.

이 소설에 진짜 착한 사람은 단 한 명도 없다. 알렉스가 마음을 연 것은 음악뿐이다.

병실에서 좋아하는 베토벤 교향곡 9번을 들으며 알렉스는 지구가 비명을 지르는 이미지를 상상한다. 나도 그 곡을 들으며 귀를 기울였다. 어쩌면 지구의 비명이 들릴지도 모른다는 생각을 하며.

"어때요?"

원고지를 다 읽자 고스가는 내 얼굴을 들여다보며 반응을 물었다.

"뭔가 영 찝찝한 책이네."

착한 사람이 단 한 명도 없다는 문장이 뇌리에 남았다. 그런 이야기도 재미있을 것 같긴 하다.

주인공부터 어처구니없는 녀석인 것 같은데, 이 '장관'이나 '신부'는 어떤 사람들일까?

"그게 아니라 이 독후감을 어떻게 생각하느냐고요."

"어떻냐고? 음, 중학교 1학년치고는 잘 썼네."

책을 읽지 않았기 때문에 할 말이 별로 없었다. 독후감의 내용이 맞는지 틀리는지조차 알 수 없었다.

"그렇죠, 내 동생이지만 대단한 애라니까요!"

내 성의 없는 대답에도 고스가는 눈을 빛냈다.
"어릴 때부터 책을 정말 좋아해서 독후감도 얼마나 잘 쓰는지 몰라요. 초등학생 때부터 해마다 상을 타왔어요."
"어디서?"
"교내 독후감 대회에서요. 나랑 오빠는 그런 쪽으로는 영 소질이 없었는데. 언니인 내가 봐도 다른 애들 글하고는 비교가 안 된다니까요."
동생 글이라서 눈에 콩깍지가 씐 게 아닐까. 이 독후감이 괜찮은 글이란 건 나도 동의하지만.
"그래서 이것 때문에 무슨 일이 생겼다는 거야?"
내용을 적절히 정리해 감상으로 마무리한 잘 쓴 독후감이었다. 딱히 트집을 잡을 만한 구석은 없었다.
"사실 이 책, 역 앞 서점에서 품절이었거든요. 유이가 부탁하기에 내가 대신 인터넷에서 주문했어요."
그녀는 인터넷 서점의 이름을 댔다. 이용해본 적은 없지만 당일 배송 시스템으로 유명한 곳이었다.
"그때는 막연히 범상치 않은 책으로 독후감을 쓰네 했는데, 책이 도착해서 읽어보니까 폭력적인 묘사가 너무 많은 거예요. 잔인하고 독하고……. 난 첫머리만 읽는 것도 힘들었어요."
고스가는 미간을 찌푸렸다.

"유이는 다 읽고 독후감을 내더라고요. 그런데 걔네 학교가 좀 엄해서."

"어딘데?"

"세이오요. 세이오 여학교. 올해 입학했어요."

"아."

세이오라는 이름을 듣고 수긍이 갔다.

세이오 여학교는 중고등학교가 함께 있는 가톨릭계 여학교로, 교칙이 엄하기로 유명했다. 오후나 역 근처에 있어서 학생들이나 교직원들이 자주 보인다.

"일전에 학부형 면담 때 동생 담임선생님이 이 독후감을 부모님한테 보여준 거예요. 잘 쓰긴 했는데 예민한 시기니까 조금 신경을 쓰는 편이 좋겠다면서. 자식 단속하라고 미리 못을 박은 거죠. 부모님은 충격이 컸나 봐요. 동생까지 무슨 일을 저지를까 봐 걱정이 이만저만이 아니에요. 나하고 다르게 얌전하고 성실한 앤데……."

다시 독후감을 훑어보았다.

글쓴이가 책의 주인공에게 공감하는 내용이 눈에 들어왔다.

차라리 나쁜 짓을 하는 게 인간적일지도 모른다.
해서는 안 될 일이라도 관심을 가질 수는 있다고 생각한다.

지나치게 솔직한 이런 부분이 내겐 오히려 아이다운 천진함으로 비치지만, 부모 입장에서는 불안해질 수도 있겠다.

'……음?'

나는 고개를 갸웃거렸다. 고스가의 말이 뒤늦게 마음에 걸렸기 때문이다.

'동생까지' 무슨 일을 저지를까 봐 걱정한다고?

"혹시 부모님께 『이삭줍기』에 대해 말씀드렸어?"

"네? 말했는데요."

고스가는 당연하다는 듯 고개를 끄덕였다.

"오빠하고 동생한테는 말 안 했는데, 부모님한테는 해야 할 것 같아서요."

『이삭줍기』는 고스가가 훔친 책의 제목이다. 피해자가 조용히 덮고 넘어가기를 원했던 까닭에 당연히 부모에게도 말하지 않았을 줄 알았다.

생각보다 성실하다고 해야 하나. 보기와는 달리 고지식한 면이 있는 모양이다.

"우리 부모님은 나하고 동생이 책을 사면 무슨 내용인지 일단 검사부터 해요. 그건 자식을 믿지 못한다는 뜻이잖아요. 나는 그렇다 쳐도, 동생은 아직 아무 잘못도 하지 않았는데……. 제발 유이한테까지 간섭하지 않으면 좋겠어요. 그래서 부모님을 어떻게 설득할지 조언을 얻으러 왔어요."

대충 사정은 파악했다.

한마디로 고스가는 책임을 느끼고 있는 것이다. 부모가 자식들의 행동에 민감하게 반응하는 건 자신이 책을 훔쳤기 때문이라고.

나는 계산대 안쪽을 힐끗 보았다.

책무더기 안에서는 아무 소리도 들리지 않았다. 우리 대화에 귀를 기울이고 있는 모양이다.

"이 독후감, 잠깐 내가 맡아둬도 될까?"

"그러세요. 그런데 왜요?"

"시노카와 씨에게 보여주게."

고스가는 탐탁지 않은 표정을 지었다. 시노카와 씨와 그다지 엮이고 싶지 않다고 얼굴에 쓰여 있었다.

"책에 대한 지식도 풍부하고, 책 좋아하는 사람의 마음도 잘 알잖아. 조언을 구할 거면 나보다 시노카와 씨가 훨씬 나을 거야."

아까 시노카와 씨가 했던 이야기가 머릿속에 떠올랐다.

매달 자전거로 서점을 돌며 신난 얼굴로 다이쇼 시대의 전기소설을 사는 아이. 고스가 유이가 어른이 되면 이런 느낌일까.

시노카와 씨는 유이에 관한 조언을 구하기에는 둘도 없는 상대다. 분명 힘이 되어줄 것이다.

"내가 물어보고 나중에 연락할게. 어때?"

잠시 생각한 끝에 고스가는 고개를 끄덕였다.

"알았어요. 부탁할게요."

문 닫을 시간이 되었다. 나는 계산대 안 금전출납기에 잔돈을 넣었다.

반쯤 열린 유리문 사이로 서늘한 가을바람이 들어왔다. 아까 고스가가 문을 닫는 걸 깜빡한 모양이다.

뒤에서 종이 넘기는 소리가 들렸다.

지금 시노카와 씨는 고스가의 동생이 쓴 『시계태엽 오렌지』 독후감을 읽고 있다. 마감 직전이 되어서야 겨우 책무더기 밖으로 나온 것이다.

"그 독후감, 어때요?"

대답이 돌아오지 않았다.

하던 일을 멈추고 돌아보니 시노카와 씨는 책무더기에 기대듯이 철제 의자에 앉아서 고개를 갸웃거리고 있었다.

무척 당혹스러워하는 얼굴이다.

"그, 그게 말이죠. 이건 뭐랄까……."

그녀는 원고지를 넘기며 인상을 찌푸리더니 다시 처음부터 읽었다.

수심에 잠긴 표정도 매력적이구나. 나도 모르게 넋을 잃고 바라봤다.

얼마 후 그녀는 눈을 내리깐 채 말문을 열었다.

"이 독후감 말인데……."

"아, 역시 여기에 다녀갔군."

갑자기 가게 안에 쉰 목소리가 울려 퍼졌다.

어느새 작은 체구의 민머리 남자가 계산대에 팔을 걸치고 서있었다.

나이는 50대 후반, 화려한 무늬의 티셔츠에 구겨진 빨간 재킷을 걸치고 있었다. 어깨에 멘 인조가죽 소재의 가방에는 낡은 문고본이 한가득 들어 있었다.

"아, 오셨어요."

"뭐가 '오셨어요'야, 이 미련곰탱이! 돈 세는 중에 얼이 빠져서 딴 생각하는 녀석이 어디 있나? 내가 도둑이었으면 어쩌려고 그래."

시다는 버럭 호통을 쳤다.

비블리아 고서당의 단골손님인 그는 고서 거래로 먹고사는 '책등빼기'다. 그리고 구게누마 다리 밑에 사는 노숙자이기도 하다.

"오, 오랜만이에요."

힘들게 일어나려는 시노카와 씨를 보고 시다는 손사래를

쳤다.

"그냥 앉아 있어. 사장 아가씨는 여전히 목소리가 모기만 하군. 좀 크게 말해주겠나?"

"아……. 죄송합니다."

시노카와 씨는 쑥스러운 듯 몸을 움츠렸다.

너무 몰아붙이지 말았으면 좋겠는데. 다시 책무더기 뒤로 숨어버릴지도 모른다.

"오늘은 어쩐 일이세요?"

"딱히 볼일은 없는데. 다시 영업을 시작했다는 얘기를 듣고 인사 겸 한번 찾아와 봤지. 그나저나 그거 고스가네 동생이 쓴 독후감이지?"

시다는 시노카와 씨가 든 원고지를 가리키며 물었다.

"어떻게 아셨어요?"

"그야 나한테 먼저 보여줬으니까 알지. '어떻게 부모님을 설득해야 할지 선생님의 조언을 듣고 싶어서요' 라면서."

시다는 고스가의 말투를 제법 비슷하게 따라했다.

그는 고스가가 훔친 『이삭줍기』의 주인이다. 도난 사건 이후로 가해자와 피해자 사이에 기묘한 교류가 시작됐다.

그들은 일주일에 한 번은 서로 책을 빌려서 읽으며 강가에서 감상을 나눈다고 했다. 시다도 자신을 '선생님'이라 부르며 따르는 고스가 나오를 예뻐했다.

"그래서 뭐라고 하셨어요?"

책등빼기인 시다도 책에 대한 폭넓은 지식을 가지고 있었다. 고스가가 가깝게 지내는 '선생님'에게 조언을 구했어도 이상할 건 없다.

하지만 시다에게 조언을 구했으면서도 일부러 우리 가게를 찾아왔다는 건…….

"부모님이 걱정할 만도 하다고 했어. 내 대답이 영 마음에 들지 않았던 모양이더군. 난 그런 책은 영 별로라서."

역시나.

고스가는 시다에게 조언을 얻지 못했던 것이다.

"옛날에 읽어봤는데, 솔직히 다시 읽고 싶은 마음은 들지 않더군. 자네는 읽어봤나? 『시계태엽 오렌지』."

나는 고개를 저었다. 뭔가 탐탁지 않은 듯한 시다의 말투에 내심 놀랐다.

"그 독후감에 적은 대로 주인공이 아주 제멋대로야. 마약, 강도, 강간…… 아무튼 나쁜 짓은 뭐든지 하는 놈이지. 물론 작가가 범죄를 조장한다는 뜻은 아니야. 악몽처럼 구원이 없는 세상을 그릴 뿐. 역설적인 우화라고 할까.

뭐, 사람이라면 누구나 호기심을 가지게 마련이고, 이런 이야기에 공감할 수도 있겠지. 하지만 걔는 생각으로 그치지 않고 당당하게 독후감으로 써서 학교에 제출했잖아. 중학생이 그러면 앞으로 어떤 어른이 될지 주변 사람들이 걱정하는 것도 당연하지. 부모 마음은 어떻겠어. 내 말이 틀린가?"

"……뭐, 그럴 수도 있겠네요."

나이가 나이이니만큼 시다는 이 일을 부모의 시선에서 보는 것 같았다.

그렇다고 자식이 읽는 책을 일일이 검열할 필요가 있을까? 중학생이라면 한창 간섭 받기 싫어하는 나이다. 오히려 역효과가 아닐까.

"어쨌든 자네들도 괜한 소리 말게. 어느 가정에나 교육 방침이라는 게 있는 거니까. 어, 시간이 벌써 이렇게 됐군."

시다는 시계를 올려다보며 말했다.

"그럼 난 그만 가보겠네. 문 닫을 시간에 방해해서 미안하네."

말을 마친 그는 느닷없이 발길을 돌리더니 성큼성큼 가게를 나섰다.

비블리아 고서당에 다시 정적이 내려앉았다.

나는 시노카와 씨를 힐긋 보았다.

그녀는 무릎에 올려둔 원고지에 뚫어져라 시선을 고정한 채 꿈쩍도 하지 않았다. 뭔가 생각에 잠긴 표정이었다.

아까부터 통 말이 없는 게 마음에 걸렸다.

고스가 나오의 부탁을 받아들인 걸 보면 시다와는 다른 의견을 가지고 있을 텐데.

무엇보다 책 이야기가 나왔는데도 전혀 관심을 보이지 않는 게 이상했다.

"뭔가 문제라도 있습니까?"

내 물음에 그녀는 퍼뜩 고개를 들고 손을 내저었다.

"아, 아뇨, 그런 건 아니고……. 그냥 좀."

묘한 침묵이 흘렀다. 불현듯 아까의 대화가 머릿속을 스쳐지나갔다.

"그러고 보니 무슨 말을 하려고 했죠? 시다 씨가 오시기 전에요. 뭡니까?"

생각해보니 이 독후감을 보았을 때부터 태도가 이상했다. 뭔가 마음에 걸리는 점이 있는 게 틀림없다.

얼마간 그녀는 대답을 망설이는 표정을 지었다. 하지만 이내 마음을 굳힌 듯 말문을 열었다.

"……이 독후감은 엄밀히 말하면 잘못됐어요."

"잘못됐다니, 어디가 말입니까?"

"내용이요."

그녀는 무겁게 말을 이었다.

"이걸 쓴 사람은 『시계태엽 오렌지』를 읽었다고 할 수 없

어요."

4

 바깥에 세워둔 간판과 매대를 안으로 들여놓고 나서 문을 잠그고 커튼을 쳤다. 정산은 이미 끝냈기 때문에 이것으로 마감이다.
 지금 가게 안에는 나 혼자 있다.
 계산대로 돌아가자 계단을 내려오는 불규칙적인 발소리가 들렸다. 자세한 이야기를 하기 전에 가져올 게 있다는 말을 남기고 안채로 들어갔던 시노카와 씨가 돌아오는 소리다.
 정리한 계산대 위에는 예의 독후감이 놓여 있었다. 「앤서니 버지스의 『시계태엽 오렌지』를 읽고」.
 시노카와 씨는 글쓴이가 그 책을 읽지 않았다고 단언했지.
 읽지 않고 엉터리로 썼다는 걸까?
 하지만 이 독후감만 봐서는 그런 느낌이 들지 않았다.
 애초에 그런 짓을 했다면 담임선생님이나 시다가 단번에 알아챘으리라.
 "기다리셨죠."

안채로 통하는 문을 열고 지팡이를 짚은 시노카와 씨가 들어왔다.

우리는 계산대를 사이에 두고 마주앉았다.

그녀는 옆구리에 낀 두 권의 문고본을 내려놓았다.

모두 하야카와쇼보에서 나온 『시계태엽 오렌지』였다. 지은이와 옮긴이도 똑같이 앤서니 버지스, 이누카와 신이치로였다.

하지만 장정이 전혀 달랐다.

오른쪽 문고본 표지에는 험악한 눈매의 남자가 칼을 쥐고 있는 그림이 인쇄되어 있었다. 노란 띠지에는 '베스트 셀렉션 창립 50주년 하야카와쇼보'라는 글자가 적혀 있었다. 오래 전에 출간된 책인 듯 커버 가장자리의 얼룩이 눈에 띄었다.

그에 비해 왼쪽 책의 표지에는 글자만 인쇄되어 있었다. 디자인이 주는 느낌이나 종이 상태로 미루어 이쪽이 최근에 나온 판본인 것 같았다. 띠지에는 '강한 이야기. 하야카와문고 100권'이라고 적혀 있었다. 이 소설은 시대마다 '명작'으로 홍보되는 모양이었다.

"『시계태엽 오렌지』 초판은 1962년 영국에서 출판됐어요. 작가 버지스는 당시 여러 작품을 발표했지만, 그 가운데에서도 젊은이들의 폭력성을 다룬 이 작품이 가장 널리 알려져 있죠."

시노카와 씨는 느닷없이 신이 난 목소리로 이야기하기 시작했다. 이제는 여러 번 봐서 익숙해졌지만, 정말 딴 사람 같다.

"하야카와쇼보에서 번역본이 출판된 건 1971년, 여기 이 책이 그 판본을 문고화한 거예요. 일본에서는 이 문고판이 가장 널리 보급되어 있을 거예요."

그렇게 말하며 시노카와 씨는 칼을 든 남자의 그림이 인쇄된 표지를 가리켰다.

"비싼 책입니까?"

"아뇨. 수십 년 동안 재쇄를 거듭한 롱셀러라서요. 비싸지는 않아요. 균일가 세일 매대에서 팔아도 이상하지 않을 정도예요."

목소리에서 아쉬운 기운이 묻어났다.

이어서 그녀는 왼쪽에 놓인 그림 없는 표지를 가리키며 말했다.

"이쪽은 2008년에 발행된 신판이에요. 지금 서점에서 판매되는 건 이 책이죠. 표지를 새롭게 바꿨고, 판형과 본문 글자가 조금 커졌어요."

올해가 2010년이니 2년 전에 나온 책이다. 나는 두 책을 들고 비교해봤다. 신판이 약간 더 두꺼웠다.

"내용면에서도 차이점이 있습니까?"

그렇게 묻자마자 안경 너머의 까만 눈동자가 번뜩였다.

갑자기 흥분한 듯 시노카와 씨가 상반신을 쑥 내밀었다. 원피스 아래로 풍만한 가슴이 출렁거렸다.

"바로 그거예요! 구판과 신판은 내용면에서 큰 차이가 있어요. 본문 마지막 페이지를 펼쳐서 확인해보세요."

나는 그녀에게서 눈을 떼고 시키는 대로 구판을 펼쳤다.

역자 후기의 바로 전 페이지가 이야기의 결말이었다. '체질'이 발동하기 전에 가급적 빨리 훑어보았다.

그리고 나는 베토벤의 반짝이는 교향곡 9번과 단둘이 남겨졌지.
아, 어찌나 황홀하고 맛깔스러운지. 스케르초 부분에 이르렀을 때 나는 아주 날렵하고 신비한 발로 뛰어다니면서 먹따는 면도칼로 비명을 지르는 이 지구의 낯짝 전부를 난도질하는 내 모습을 보았다. 그러고는 느린 악장으로 이어졌고, 이제 합창이 나오는 아름다운 악장이 다가온다. 나는 완치되었다.

이 문장은 무슨 뜻인지 알 것 같았다.

분명 독후감에 있는, 세뇌에서 풀려난 주인공이 베토벤을 듣는 장면이다. 좀 거칠고 이상한 느낌이 들었지만 원래 문체가 이런 모양이다.
 다음으로 신판을 펼쳐 결말 페이지를 읽었다. 310페이지다.

……이제 여러분의 사랑스러운 친구와 작별할 시간이야. 이 이야기에 나오는 다른 모든 놈들에게는 입술이 덜덜 떨릴 정도로 커다란 야유를. 내 엉덩이에 입이나 맞추라고 해. 오, 나의 형제들이여, 가끔은 과거의 알렉스를 기억해줘. 아멘, 그리고 엿이나 먹어.

"어?"
 구판과 마지막 문장이 달랐다.
 뜻은 잘 모르겠지만 독자들에게 작별을 고하는 내용인 것 같다.
 "왜 마지막 부분이 다르죠?"
 "그건 말이죠."
 시노카와 씨는 손을 뻗어 신판의 페이지를 넘겼다.
 그녀는 292페이지 마지막 줄을 가리켰다.

그러고는 느린 악장으로 이어졌고, 이제 합창이 나오는 아름다운 악장이 다가온다. 나는 완치되었다.

이건 처음 읽었던 결말이다. 하지만 다음 페이지부터는 '7'이라는 숫자 아래로 새로운 장이 시작됐다. 여기부터 마지막 장인 것 같았다.

"자, 그럼 이젠 어떻게 될까?"

나는 머릿속으로 상황을 정리했다.
"신판에 한 장을 덧붙인 겁니까?"
"아니에요."
그녀는 고개를 저었다.
"이 신판이 본래의 『시계태엽 오렌지』예요. 말하자면 완전판이죠."
그렇게 말하며 커버의 제목 아래를 가리켰다. 아닌 게 아니라 작은 글씨로 '완전판'이라고 적혀 있었다.
"어떻게 된 겁니까?"
호기심이 생겨서 나도 모르게 몸을 앞으로 내밀었다.
시노카와 씨와 거리가 좁혀졌지만 이제 별로 신경 쓰이지 않았다. 지금은 책 이야기가 더 궁금했다.
"버지스가 1962년에 발표한 초판에서는 주인공 알렉스의 세뇌가 풀린 부분에서 이야기가 끝나지 않아요."
시노카와 씨는 나지막한 목소리로 말을 이었다.

"알렉스는 다시 폭력과 범죄의 세계로 돌아가지만 이내 그런 나날들에 질리게 돼요. 그러는 동안 갱생당해 새사람이 된 옛 친구와 만나게 되는데, 그 일을 계기로 생각을 바꾸는 거예요. 이제까지의 폭력적인 삶과 결별하고 가정을 꾸려서 어른이 되겠다고 선언하며 이야기가 끝나요."

"네?"

저도 모르게 되물었다.

"그럼 결말이 전혀 다르잖아요."

아니, 아예 정반대다.

"네, 그렇죠."

시노카와 씨는 힘주어 고개를 끄덕였다. 서로 이마가 부딪칠 뻔했다.

"버지스는 알렉스의 폭력이 한때의 일탈일 뿐이라고 생각했어요. 어른이 되면 자기 의지로 선악을 선택할 수 있다고 믿었죠. 『시계태엽 오렌지』는 젊은이의 성장을 그린 이야기예요. 하지만 미국에서 출간되었을 때 출판사 방침으로 마지막 장이 삭제됐어요."

"이유가 뭡니까?"

"미국 출판사 쪽은 이 이야기에 해피엔드는 필요 없다고 생각한 모양이에요. 그런데 그 미국판을 바탕으로 스탠리 큐브릭 감독이 영화를 만들고부터 문제가 더욱 복잡해졌어요."

아, 스탠리 큐브릭이라면 안다.

호랑이 상사가 신병들을 혹독하게 굴리는 내용의 전쟁 영화를 텔레비전에서 본 적 있다. 제목은 잊어버렸지만 분명 큐브릭 감독 작품이었다.

시노카와 씨는 구판 『시계태엽 오렌지』의 띠지를 벗겨냈다. 칼을 든 남자 그림 밑에 글씨가 숨겨져 있었다.

STANLEY KUBRICK'S CLOCKWORK ORANGE

작가인 버지스의 이름보다 크게 인쇄되어 있었다.

까딱하면 큐브릭이 이 책을 썼다고 착각할 수도 있겠다.

"이 표지는 영화판 포스터를 가져온 거예요. 영화가 큰 화제를 불러일으킨 덕에 이 작품은 더 많은 나라에서 번역되었어요. 일본어판도 영화 개봉과 같은 1971년에 번역되었는데, 당시에는 마지막 장이 실린 영국판은 유통되지 않아서 영화의 결말과 똑같은 미국판을 번역했죠."

"작가가 가만히 있었나요?"

결말이 삭제된 소설로 자기 이름이 전 세계에 널리 알려졌다는 건 작가로서 견디기 힘든 고통이었으리라.

"경제적인 이유로 미국판 출판을 승낙할 수밖에 없다고

했어요. 하지만 속사정이 복잡해서 단순히 미국 출판사에게만 책임을 물을 수도 없죠. 1970년대에는 영국에서도 마지막 장이 빠진 판본이 출판되었고요. 일본에서는 오랫동안 이 문고본이 읽혔지만, 1980년대에 하야카와쇼보에서 완전판이 출판된 적 있어요. 요컨대 완전판과 마지막 장이 빠진 판이 동시에 서점에 깔린 거죠. 하지만 완전판은 몇 년 뒤에 절판됐어요."

"완전판이 절판되고 불완전판이 남은 겁니까?"

"그래요. 2008년에 드디어 여기 있는 완전판이 문고로 발행되면서 예전 판본은 절판됐어요."

나는 팔짱을 끼고 두 권의 『시계태엽 오렌지』를 내려다보았다.

굉장히 사연 많은 책이구나.

"버지스가 어느 판본을 정통으로 여기는지 불분명했던 시기가 있었어요. 불완전판의 출판을 막을 수 없었던 사정이 있었던 것인지……. 어쩌면 버지스 자신도 결정을 내리지 못했던 건지도 몰라요. 미국에서 처음 출판된 완전판에 수록된 서문에서 이렇게 말했거든요. '우리는 자신의 글을 삭제할 수는 있지만, 글을 썼다는 사실 자체를 지울 수는 없다'."

계산대에 놓인 원고지를 바라보며 시노카와 씨는 후, 하고 숨을 내쉬었다.

한숨이라기보다는 이야기를 많이 해서 지친 것처럼 보였다.

나는 지그시 그녀를 바라보았다.

그 방대한 지식에 새삼 경탄했다.

이 일에 관련된 사람 중에 판본의 차이를 알아챈 건 시노카와 씨뿐이다. 독후감을 쓴 고스가 유이조차 몰랐는데…….

"어? 그러면 뭔가 이상해지는데요."

나는 고개를 갸웃거렸다.

"지금 서점에서 판매하는 책은 완전판뿐이라면서요."

독후감에서는 마지막 장에 대한 언급이 전혀 없다. 마치 존재하지 않는 것처럼 취급했다.

불완전판을 읽은 걸까?

"고서점에서 구판을 사서 읽은 걸까요?"

그런 거라면 마지막 장에 대해 언급하지 않아도 이상할 건 없다. 하지만 시노카와 씨는 고개를 저었다.

"아닐 거예요. 고스가는 동생의 부탁으로 인터넷 서점에서 샀다고 했잖아요."

"아, 그랬지."

그렇다면 고스가 유이가 가지고 있는 책은 최근에 출판된 완전판이라는 건데.

도대체 무슨 영문이지?

"아까 하신 말씀이 그런 뜻이었군요."

'『시계태엽 오렌지』를 읽었다고 할 수 없다.' 이 말은 불완전판을 읽었다는 뜻인 듯하다.

대체 어떻게 이런 일이 일어난 걸까?

고스가 나오의 부탁과는 직접적인 관련이 없었지만, 이 기묘한 상황이 마음에 걸렸다. 뭔가 속사정이 있을 것 같다.

"……어떻게 할까요?"

내 물음에 시노카와 씨는 생각을 정리하듯 잠시 눈을 감았다.

"고스가에게 대답하기 전에 이 독후감에 대해 조금 더…… 알아봐야 할 것 같아요."

나 역시 같은 생각이었다.

문제는 방법이다.

"직접 본인에게 물어보는 게 가장 빠르겠죠."

이곳으로 고스가 유이를 부르든지, 나나 시노카와 씨가 전화로 이야기하든지 둘 중 하나다.

언니인 나오에게 부탁하면 만나게 해주겠지만, 동생을 끔찍이 아끼는 듯하니 시노카와 씨가 더 이상 이 일에 개입하는 걸 그리 반기지 않을 것 같다.

"직접 만나는 건 조금 나중으로 미뤄도 될 것 같아요."

시노카와 씨는 말을 고르듯 천천히 말했다.

어쩌면 이 사건의 진상을 이미 알아챈 건지도 모른다.

"나중에 고스가한테 연락한다고 하셨죠?"

"아, 네."

"빌리고 싶은 물건이 있다고 전해주시겠어요? 중요한 사실을 확인해야 하거든요."

5

정기휴일을 포함해 이틀이 지났다.

오늘은 아침부터 계속 바빴다. 평일인데도 차에 한가득 책을 싣고 온 손님이 셋이나 있어서 매입 서적을 정리하느라 정신이 없었다.

하루종일 손님들의 발길이 끊이지 않았다. 일을 대충 마무리했을 무렵에는 벌써 해가 저물고 있었다.

'오늘쯤 고스가가 찾아올지도 모르겠네.'

서가의 빈 공간에 책을 채워 넣으며 나는 그런 생각을 했다.

그저께 고스가에게 전화해 시노카와 씨의 부탁을 전했다.

고스가는 왜 그런 부탁을 하느냐고 이것저것 캐물었지

만, 나도 모르는 까닭에 대답하지 못했다. 어쨌든 '중요한 일'이라고 말하자 고스가는 마지못한 목소리로 조만간 가져다주겠다고 대답했다.

시노카와 씨는 여전히 높게 쌓아올린 책무더기 뒤에 숨어 있었다. 기분 탓인지 책으로 쌓은 벽이 더욱 높아진 것 같다.

교대로 점심을 먹은 후 책의 가격 책정과 온라인 주문 건을 처리했다.

"휘, 휘휘~ 휘휘휘~."

귓가에 들려온 묘한 숨소리에 순간 동작을 멈췄다.

시노카와 씨의 휘파람 소리다. 즐거운 일이 생기면 무의식적으로 휘파람이 나오는 모양이다.

마지막 책을 서가에 꽂고 나서 조심스레 계산대로 갔다. 무엇을 하는지는 대충 짐작이 갔지만, 직접 눈으로 확인하고 싶은 마음을 이기지 못했다.

책 더미 너머로 들여다보자 컴퓨터 앞에 앉은 시노카와 씨가 열심히 문고본을 읽고 있었다.

내 시선도 눈치채지 못할 정도로 몰두하고 있는 듯했다.

계속 이러고 있을 수도 없어서 말을 걸었다.

"저기요."

"히익!"

시노카와 씨는 딸꾹질에 가까운 비명과 함께 어깨를 들썩이며 뒤돌아봤다. 반쯤 벌린 입술을 아직도 휘파람을 부는 모양새로 오므리고 있었다.

그녀는 황급히 책을 덮고 허리를 곧추세웠다. 어슐러 르 귄의 『두 사람 이야기』원제는 Very Far Away from Anywhere Else라는 책 제목이 보였다.

"이, 일하는 거예요……."

무척 당황한 듯 더듬거리고 있었다.

아르바이트인 나에게 사장님이 굳이 변명까지 하다니.

괜히 미안해졌다.

"죄송합니다. 하던 작업이 끝나서요."

"아, 네. 그럼 다음에는 거기 있는 책을……."

오른손에 지팡이를 든 그녀가 천천히 일어서려던 순간이었다.

"다녀왔습니다!"

요란하게 문을 열고 작은 체구의 여고생이 들어왔다.

고스가 나오와 같은 학교의 교복 차림이다. 가을인데도 피부는 까무잡잡하게 볕에 탔고, 어중간한 길이의 머리카락을 포니테일로 묶었다. 남쪽 나라의 해변에 어울릴 듯한 모습이지만 시노카와 씨의 동생이다. 이름은 아야카.

아야카가 하굣길에 가게에 들르다니 웬일일까. 평소에는

가게 반대쪽에 있는 뒷문을 통해 바로 안채로 들어가는데.

"이제 오니?"

시노카와 씨는 미소로 동생을 맞이했다. 어찌된 영문인지 지팡이를 짚지 않은 왼손을 활짝 벌렸다.

뭐하는 건가 싶어서 고개를 갸웃거리는데, 아야카가 종종걸음으로 달려와 언니에게 꼭 안겼다. 키는 언니가 조금 더 크다.

"언니!"

아야카는 영문 모를 환성과 함께 하얀 목덜미에 뺨을 비볐다. 두 사람 다 활짝 미소 짓고 있었다.

보는 내가 왠지 부끄러워져서 고개를 돌렸다. 이 자매는 대체 뭐하는 거지.

"들어가서 저녁 차릴게!"

대략 5초쯤 그렇게 얼싸안고 있더니, 이내 아무 일도 없었다는 듯 떨어졌다.

"나중에 봐요."

아야카는 나에게 인사를 건네며 안채로 들어갔다.

"방금 그거, 뭡니까?"

단둘이 남겨지자 나는 그녀에게 물었다.

그러고 보니 시노카와 자매가 같이 있는 모습을 지금까지 별로 본 적이 없다. 평소에도 저러는 건가?

"인사인데요?"

시노카와 씨는 의아한 표정으로 눈을 깜빡였다.

"날마다 저런 식으로 인사를 합니까?"

"네? 고우라 씨 댁에서는 안 그러나요?"

당연하다는 듯한 반응이었다.

내가 모르는 사이에 우리 사회에서 인사법이 부둥켜안기로 바뀐 건가?

"저희 집에서는 안 그러는데요."

현재 우리 식구는 나와 어머니 둘뿐이지만, 둘 다 보통 사람들보다 덩치가 좋다. 어릴 적이라면 몰라도 지금 저렇게 서로 얼싸안으면 남들 눈에는 꼭 씨름하는 것처럼 보이리라.

"그렇군요."

그녀는 다소 나지막한 목소리로 말을 이었다.

"아야하고는 옛날부터 저렇게 지냈어요. 부모님이 안 계셔서 그랬는지도 몰라요."

"네?"

비블리아 고서당의 전 주인인 시노카와 씨의 아버지는 작년에 세상을 떠났다. 그리 옛날 일은 아닌데?

내가 의아한 표정을 짓자 그녀는 허둥지둥 미소를 지었다.

"아, 그게 아니라……. 물론 아버지는 계셨지만 자식들

하고 스킨십을 하는 성격이 아니셨거든요."

순간, 뭔가 위화감을 느꼈다.

아버지는 그렇다 쳐도 어머니는?

"어머님은……?"

말을 꺼내고 나서야 깨달았다. 시노카와 씨에게 어머니 이야기를 들은 적이 없었다. '어머니'라는 말조차 한 번도 입에 담지 않았던 것 같다.

"10년 전에."

10년 전에 어떻게 됐다는 걸까.

궁금했지만 시노카와 씨는 그 뒤로 말을 잇지 않았다. 그다지 말하고 싶지 않은 것이리라.

어쨌든 지금은 집에 없는 게 분명했다.

"죄송합니다, 괜한 걸 물어서."

나는 억지로 이야기를 끝냈다.

"아니에요."

더는 이야기가 이어지지 않아서 어색한 침묵이 흘렀다.

이내 요란스러운 발소리가 들렸다.

안채로 통하는 문을 힘차게 열고 시노카와 아야카가 다시 나타났다. 옷을 갈아입던 중에 급하게 나왔는지 한쪽 발에만 양말을 신은 채였다.

"깜빡할 뻔했네. 이거 나오가 전해달래요."

나는 체크무늬 쇼핑백을 받았다. 선물용으로 보이는 귀여운 디자인이었다.

쇼핑백을 든 채 나는 고개를 갸웃거렸다.

"나오?"

"고스가 나오 말이에요. 알죠? 오늘 볼일이 있어서 못 들를 것 같다고 대신 전해달라고 했어요."

"그게 아니라, 둘이 아는 사이였어?"

분명 고스가에게서 아야카와 이야기해본 적 없다고 들었다. 학년은 같지만 반은 달랐다고 기억한다.

"나는 전부터 이름하고 얼굴을 알고 있었어요. 멋있는 애라서 눈에 띄었거든요. 같이 축제 준비하면서 친해졌죠. 알고 보니 같은 초등학교를 나왔더라고요? 중학교는 다르지만."

"아, 그랬구나."

생각해 보니 그럴 법도 했다.

같은 지역에서 태어나 자랐으니 같은 학교를 다녔어도 이상할 건 없다. 서로 이야기해본 적 없는 사이라도 어딘가에서 한 번은 마주쳤을 가능성이 있다.

"3년 동안 같은 반이었어요. 굉장한 우연이죠?"

아니, 그렇게 오랫동안 같은 반이었다면 조금 더 일찍 알아챌 법도 한데.

"어쨌든 조심해서 보래요. 더럽히면 가만 안 두겠다고 했어요. 그럼 난 분명히 전했어요."

환한 미소와 어울리지 않는 험악한 말을 남기고 아야카는 안채로 달려갔다.

왜 항상 저렇게 뛰어다니는 걸까.

"좀 봐도 될까요?"

시노카와 씨가 물었다.

평소와 다름없는 모습이다. 내심 가슴을 쓸어내렸다.

시노카와 씨는 내가 건네준 쇼핑백에서 내용물을 꺼냈다.

하야카와문고판 『시계태엽 오렌지』.

시노카와 씨가 한 부탁은 고스가 유이가 언니를 통해 구입했다는 『시계태엽 오렌지』를 빌려달라는 것이었다.

종이 냄새가 나는 뻣뻣한 문고본 표지에 작은 글자로 '완전판'이라고 적혀 있었다.

"역시 마지막 장이 들어 있는 판본이네요."

나는 그렇게 말했다. 시노카와 씨는 말없이 책장을 넘겼다.

고스가 유이가 어느 판본을 가지고 있는지는 이걸로 확인했지만, 수수께끼는 여전히 남아 있었다.

왜 독후감에서 마지막 장에 대해 언급하지 않았을까?

"아, 역시나."

나지막한 중얼거림이 들렸다. 시노카와 씨는 책을 펼친

채 꿈쩍도 하지 않고 있었다.

"대충 알 것 같아요."

"네?"

나는 놀라 되물었다.

"뭘 말입니까?"

"어떤 일이 일어났는지요."

그녀는 책 안에 꽂힌 책갈피 모양의 종이를 가리켰다.

반으로 접힌 책갈피 모양의 얇은 종이는 책 페이지들을 문 모양으로 꽂혀 있었다. '하야카와문고 주문 카드'라는 글자가 인쇄되었고 그 아래에는 '서점명'이라는 칸이 있었다. 도서명과 바코드도 인쇄되어 있었다. 쉽게 잡아 뺄 수 있도록 반원형 꼭지까지 달렸다.

"이게 뭔지 아세요?"

"음. 본 적은 있는데요."

용도까지는 모르겠다.

시노카와 씨는 헛기침을 하고 설명했다.

"이건 '슬립'이라고 불러요. 서점에 입고되는 책 사이에 끼운 종이죠. 손님에게 책을 판매할 때 계산대에서 이걸 빼내 보관하는 거예요. 어떤 책이 얼마나 판매되었는지 확인해서 추가 주문을 넣을 때 써요. 주로 재고 관리에 이용한답니다."

나는 가만히 고개를 끄덕였다.

슬립과 독후감이 무슨 상관이 있지?

"고서점에서도 이 슬립의 유무가 중요한 판단 잣대가 돼요. 손님이 새것 같은 책을 팔려고 왔을 때 책 사이에 슬립이 있는지 살펴보는 거죠. 만약 있다면 조심해야 해요. 슬립은 대개 계산할 때 제거되는 거잖아요? 그게 그대로 남아있다는 건, 도난품일 가능성이 있다는 얘기니까요."

나는 놀라서 숨을 삼켰다.

"그럼 이 책도?"

아니, 분명히 인터넷 서점에서 샀다고 했다. 온라인에서 판매되는 책을 훔칠 수는 없을 테니, 어쩌면 그 말도 거짓이었나?

"아, 죄송해요. 이 책이 그렇다는 소리는 아니에요."

머릿속에서 커져가던 상상이 단번에 사라졌다.

"요새는 슬립을 쓰지 않고 도서 바코드를 통해 상품 정보를 수집해 재고 관리를 하는 서점도 많아요. 대형 인터넷 서점은 대부분 그렇죠. 그런 곳에서 책을 구입하면 슬립이 제거되지 않은 채 따라오는 거예요."

"그, 그렇군요."

그렇다면 슬립이 끼워져 있다는 사실 자체는 이상할 게 없다. 오히려 '근처 서점에서 품절이라 인터넷에서 샀다'

는 고스가의 말을 뒷받침해주는 증거가 된다.
 이상하게도 시노카와 씨의 얼굴은 침울해 보였다.
 "실은 이 슬립을 통해 알 수 있는 사실이 하나 더 있거든요. 그걸 확인하려고 책을 빌려달라고 한 거예요."
 그녀는 하얀 손가락으로 슬립의 둥근 꼭지를 어루만졌다. 뭔지는 몰라도 그리 반갑지 않은 사실을 확인한 모양이다.
 "……고스가의 동생에게 이곳으로 오라고 전해주시겠어요? 단둘이서 이야기를 하고 싶어요."

6

 시노카와 씨가 고스가 유이와 만날 약속을 잡는 데는 며칠이 걸렸다.
 고스가 유이 본인과 직접 연락하고 싶었지만 휴대전화나 컴퓨터를 가지고 있지 않다고 했다. 그래서 언니인 나오에게 부탁하는 수밖에 없었는데, 나오가 두 사람의 만남을 영 내켜 하지 않았기 때문이다.
 나오는 시노카와 씨와 내가 자기 부모님을 설득하기보다는 독후감 내용 자체에 관심을 갖고 있다는 사실을 눈치챈 모양이었다.

"왜 그러는지 솔직하게 말해요!"

전화를 통해 나오가 다그쳤다.

말하고 싶어도 나조차 영문을 모르니 그럴 수가 없다. 그저 시노카와 씨가 단둘이 만나고 싶다고 했다는 이야기밖에 할 게 없었다.

"그래요, 그럼 나도 같이 가죠."

나오는 한결같이 동생을 보호하려고 했다.

그 모습에 한 가지 사실을 깨달았다. 이번 일에 관해 유이 본인이 어떻게 생각하는지, 나오는 한마디도 언급하지 않은 것이다.

동생은 언니가 자기를 위해 힘쓰는 걸 그리 달갑게 여기지 않는 걸까?

"어쨌든 동생에게 전해줄래? 네가 같이 만날지 어쩔지도 본인에게 물어보면 되잖아."

이윽고 고스가 유이의 대답이 돌아왔다.

혼자서 시노카와 씨를 만나겠다고.

고스가 유이가 지정한 날짜는 평일, 그것도 개점 시간 전의 이른 시간대였다. 유이는 이미 비블리아 고서당이 어디 있는지 아는 모양이었다.

나는 평소보다 일찍 출근해 시노카와 씨를 도와 영업 준비를 일찌감치 마치고 유이를 기다렸다.

유이는 시노카와 씨와 단둘에서 이야기하자고 했다. 이 자리에 굳이 내가 낀 것은 나오의 부탁 때문이었다.

"유이는 혼자서도 괜찮다고 하지만 역시 걱정돼요. 만일 무슨 일이 생기면 고우라 선배가 좀 도와주세요."

나오 역시 어렴풋이 사정을 짐작한 모양이었다. 유이가 듣기에 그리 좋은 이야기는 아닐 거라고. 예전 자신이 시노카와 씨에게 도난 사건에 관해 추궁당한 그때와 비슷한 분위기였다.

내가 동석하겠다고 하자 시노카와 씨는 난감한 표정을 지었지만, 유이가 허락했다면 상관없다며 고개를 끄덕였다.

"혹시 오늘이 개교기념일일까요?"

나는 벽시계를 올려다보았다. 이 이른 시간에 일부러 학교를 빼먹고 찾아오는 건 아니겠지?

"체육대회가 끝나서 하루 쉬는 날일 거예요."

금방 대답이 돌아왔다.

어, 그렇구나…… 하고 고개를 끄덕이다가 의문이 떠올랐다.

"그걸 어떻게 아시죠?"

"저도 세이오 여학교를 나왔거든요."

그런 얘기는 처음 듣는다.

한편 묘하게 '그럼 그렇지' 싶었다. 특히 남자의 시선을 경계하지 않는 점이 여학교 출신답지 않은가. 예를 들어 오늘 시노카와 씨는 옅은 빛깔의 브이넥 니트 차림인데, 그게 좀…….

아니, 무슨 소릴 하는 거야. 정신 차리자.

"혹시 대학도 기독교 계열 여대 아니셨어요?"

"어머, 어떻게 아셨어요?"

안경 너머로 보이는 눈동자가 휘둥그레졌다. 진심으로 놀란 모양이다.

"왠지 그럴 것 같아서요."

정말 생각한 그대로다.

틀림없이 옛날부터 이런 성격이었으리라.

"맞아요, 초등학교는 공립이었는데, 중학교부터는 계속 여학교였어요."

나는 고개를 끄덕이며 이야기를 들었다.

시노카와 씨의 옛날이야기를 더 듣고 싶었지만, 문 열리는 소리에 중단해야 했다.

문가에 은테 안경을 쓰고 머리를 질끈 묶은 소녀가 서있었다.

체크 원피스에 하얀 데님 재킷을 걸친 차림새다. 장신구는 고사하고 머리를 묶은 고무줄도 아무 장식 없는 밋밋한 디자인이다. 사복 차림인데도 완벽하게 교칙을 따르고 있었다.

"언니 말을 듣고 왔는데요."

고스가 유이는 경계심이 묻어나는 경직된 목소리로 말문을 열었다. 언니와는 달리 그다지 이목구비가 뚜렷하지 않은 얼굴이었다.

"어, 어서 오세요. 이쪽으로……."

시노카와 씨는 계산대 안쪽에 앉은 채 더듬더듬 인사했다. 기껏해야 중학생인데 저렇게 잔뜩 긴장하다니, 낯가림도 저 정도면 중증이다.

고스가 유이는 가게에 들어와 문을 닫았다.

나는 말없이 비껴서 유리 진열장을 등지고 섰다.

이야기의 당사자는 저 두 사람이다. 내가 함부로 낄 자리는 아니다.

"고스가 유이라고 합니다."

"네, 반갑습니다. 일부러 여기까지 오시느라……."

뭔가 미묘하게 어긋난 대화다.

어른인 시노카와 씨가 자기소개 하는 걸 잊어버린 것이다.

"무슨 일로 보자고 하셨죠?"

소녀는 통로 중간에서 걸음을 멈추고 팔짱을 낀 채 싸늘한 눈빛으로 우리를 바라보았다. 생김새는 달라도 드센 느낌이 언니와 비슷했다.

"빨리 가봐야 하니까 하실 말 있으시면 하세요."

"네에, 그게……."

"부탁하지도 않았는데 자기 멋대로 여기저기 쑤시고 다니고."

갑자기 유이가 진절머리가 난다는 듯 내뱉었다. 우리는 어안이 벙벙해졌다.

"책에 대해서는 아무것도 모르는 주제에."

언니인 나오에게 하는 말 같다.

생각보다 자매 사이의 골이 깊은 듯하다. 아니, 동생이 언니를 일방적으로 싫어하는 모양이다.

"널 생각해서 한 일이잖아."

"누가 그래달라고 부탁이나 했대요? 책을 검사하든 말든 상관없단 말이야. 그거 갖고 매일 부모님하고 싸우기나 하고. 진짜 짜증나."

쓸데없는 짓을 한 언니를 탓하는 투였다.

"내 독후감인데 자기가 왜 상관하고 난리래?"

"……물어볼 게 네 개 있어요."

시노카와 씨가 낭랑한 목소리로 끼어들었다.

손가락을 네 개 편 모습이었다. 갑자기 딴 사람이 된 듯

당당한 태도다.

"그 독후감을 집에서 썼나요?"

"그런데요."

유이는 시노카와 씨의 변화에 약간 당황한 얼굴로 순순히 대답했다.

"숙제는 집에서 하거든요."

"평소에 도서관을 자주 이용하나요?"

"아뇨, 전혀. 다른 사람의 손을 탄 책은 기분 나빠서 만지기 싫어요."

그렇게 말하며 힐긋 서가를 보았다.

고서점 직원 앞에서 저런 도발적인 발언을 하다니. 생긴 건 얌전한데 보통 배짱이 아니다.

"그럼 친구한테도 책을 빌리거나 빌려주지 않나요?"

"네. 친구들은 별로 책을 읽지도 않고요."

"가족과도?"

순간이었지만 유이는 말문이 막힌 것 같았다.

"가족에게 빌리는 거면…… 하지만 그런 적도 거의 없어요. 우리 가족 중에는 책 좋아하는 사람이 없거든요. 읽어봤자 거의 잡지예요."

아니, 네 언니는 요새 시다에게 책을 빌려 자주 읽을 텐데.

유이가 말하는 '책 좋아하는 사람'에 나오는 들어가지

않는 모양이다.

"그렇군요, 알았어요."

시노카와 씨는 고개를 끄덕였다.

"이제 됐어요? 끝났으면 그만……."

"미안해요, 질문이 하나 더 있어요."

그렇게 말하며 시노카와 씨는 집게손가락을 세웠다.

"유이 양은 어떻게 그 독후감을 썼나요?"

가게 안이 정적에 휩싸였다.

나로선 의도를 파악하기 힘든 질문으로 들렸지만, 유이의 동공이 살짝 커졌다.

"……책을 읽고 썼죠. 서기 그거 내 책이잖아요. 그걸 읽고 썼어요."

유이는 계산대를 가리켰다. 그곳에는 우리가 빌린 『시계태엽 오렌지』 완전판이 놓여 있었다.

"이 소설에는 두 가지 결말이 있어요. 알렉스가 세뇌에서 풀려난 부분에서 끝나는 불완전판과 스스로의 의지로 새사람이 될 것을 결심하는 마지막 장이 실린 완전판이죠. 유이 양은 완전판을 읽었는데 어째서 마지막 장이 없는 불완전판의 감상을 썼나요?"

드디어 핵심을 찔렀다. 만일 고스가 유이가 뭔가를 감추고 있다면 동요한 기색을 보이리라.

예상이 빗나갔다. 유이는 대담한 느낌마저 드는 성숙한 미소를 짓고 있었다.

"마지막 장은 별로 재미가 없어서 무시했을 뿐이에요. 갑자기 개과천선하다니 말이 안 되잖아요? 알렉스가 베토벤 9번을 듣는 장면에서 끝나는 결말이 좋아요. 전에 나온 책은 거기서 끝난다는 걸 알고 있었거든요."

앞뒤가 맞는 설명이었지만, 뭔가 위화감을 떨쳐버릴 수가 없었다.

나중에 마지막 장의 존재를 알고 그럴싸한 변명을 지어낸 게 아닐까?

"'나는 아주 날렵하고 신비한 발로 뛰어다니면서 멱따는 면도칼로 비명을 지르는 이 지구의 낯짝 전부를 난도질하는 내 모습을 보았다. 그러고는 느린 악장으로 이어졌고, 이제 합창이 나오는 아름다운 악장이 다가온다.'"

시노카와 씨는 그 문장을 막힘없이 외더니 유이에게 미소 지으며 말했다.

"저도 좋아하는 장면이에요. 처음 읽었을 때 무섭지만 매력적인 문장이라고 생각했어요."

"맞아요, 그래서 독후감에는 거기까지만……."

"하지만 유이 양은 그 장면까지 읽지 않았죠?"

"네?"

놀라서 소리를 지른 건 나였다.

정작 당사자인 유이는 살짝 인상을 찌푸렸을 뿐이었다.

"아니요. 끝까지 다 읽었어요."

"정말인가요?"

"당연하죠. 내가 읽지 않았다는 증거라도 있어요?"

그걸 어떻게 증명하지?

시노카와 씨는 눈도 깜짝하지 않고 계산대에 놓인 『시계태엽 오렌지』를 유이에게 내밀었다.

"이 책을 처음부터 넘겨보세요. 한 장씩 볼 필요 없고 대충 넘겨보면 돼요. 자, 어서."

시노카와 씨의 단호한 목소리에 소녀는 마지못해 그 말을 따랐다. 책을 휙 낚아채더니 펄럭펄럭 책장을 넘겼다.

불현듯 소녀가 동작을 멈췄다. 두 겹으로 접힌 분홍색 슬립 사이에 중간의 수십 페이지가 껴있었기 때문이다.

고스가 유이는 태연한 표정으로 슬립의 꼭지를 잡고 빼내려 했다.

"어떻게 슬립을 빼지 않고 책을 끝까지 읽을 수 있죠?"

순간 소녀의 손이 움찔했다.

그런 거였구나!

슬립을 빼지 않으면 그 사이에 낀 페이지를 읽을 수가 없다. 한 번 빼낸 슬립을 일부러 다시 끼워놓는 사람은 없을 것이다.

'슬립을 통해 알 수 있는 사실'이란 바로 이것이었다. 책 주인이 그 책을 끝까지 읽었는지 아닌지를 알 수 있는 것이다.

"유이 양은 이 『시계태엽 오렌지』를 끝까지 읽지 않았어요. 완전판과 불완전판의 차이를 몰랐던 것도 읽다가 말았기 때문이에요. 그런데도 독후감을 쓸 수 있었다면, 설명할 수 있는 건 하나밖에 없어요."

시노카와 씨는 잠깐 숨을 들이마시고 단호하게 말했다.

"남의 감상문을 베낀 거예요."

7

개점 시간까지 아직 시간이 남아 있었다.

실내에는 낡은 시계의 째깍거리는 소리만이 울려 퍼졌다.

고스가 유이는 핏기 없는 새하얀 입술을 조심스레 열었다.

"말도 안 되는 소리 마세요."

목소리가 가늘게 떨렸지만, 뜻밖에도 강한 어조였다.

"내가 누구 독후감을 베꼈다는 건데요?"

시노카와 씨는 곤혹스러운 표정으로 미간을 살짝 찌푸렸

다. 설마 반박할 줄은 몰랐던 모양이다.

"그럼 질문을 하나 더 할게요. 이 작품을 어떻게 알게 됐나요?"

"네?"

소녀는 의표를 찔린 듯 짧게 되물었다.

"이 작품은 분명히 고전 명작이지만 반세기 전에 나온 외국 소설이에요. 가족은 물론 친구들과도 책에 대한 이야기를 하지 않는 유이 양이 대체 어떤 계기로 이 책을 알고 독후감을 쓰게 된 거죠?"

"그건…… 서점에서 우연히 보고……."

"근처 서점에는 품절이었다고 들었어요. 그리고 이 녹후감에는 '어떤 내용인지 모르고 샀다'고 적었잖아요."

시노카와 씨는 공격의 고비를 늦추지 않았다.

"사실은 그 반대였죠? 이 독후감을 먼저 읽고 『시계태엽 오렌지』에 관심이 생긴 거예요. 처음에는 정말 읽고 자기 감상을 쓰려고 했을 거예요. 그렇지 않았으면 일부러 이 책을 구하지 않았을 테니까요. 하지만 마음처럼 쉽지 않아서 하는 수 없이 그 독후감을 베낀 거죠."

"말도 안 되는 소리는 그만두라고 했잖아요! 증거도 없으면서!"

"증거는 아마 금방 찾을 수 있을 거예요."

유이의 외침에도 시노카와 씨는 꿈쩍도 하지 않았다.

"독후감을 집에서 썼다고 했죠? 도서관도 다니지 않는다고 했고요. 그 말이 사실이라면 베낀 독후감은 집에 있을 거예요. 물론 가족 중 누군가가 과거에 쓴 독후감은 아니겠죠. 그랬다면 금방 들통이 났을 테니까요. 그럼 어디서 찾은 독후감일까요? 물론 답은 하나밖에 없어요."

시노카와 씨는 아이를 어르듯 조곤조곤 말을 이었다.

"유이 양이 졸업한 초등학교에서는 해마다 독후감 대회를 연다고 들었어요. 우수한 독후감을 문집으로 엮어서 전 교생에게 나눠주는 거죠?"

유이의 표정이 얼어붙었다.

불현듯 동생 자랑을 하던 나오의 말이 떠올랐다.

'언니인 내가 봐도 다른 애들 글하고는 비교가 안 된다니까요.'

그때도 뭔가 이상하다는 생각은 들었다. 동생의 글과 다른 학생들의 글을 어떻게 비교한 걸까? 그런 기회가 자주 있는 것도 아닐 텐데.

문집에서 보지 않는 한.

"당연히 그 대회는 유이 양이 입학하기 전에도 열렸을 테고, 문집도 매년 만들었을 거예요. 분명 이 독후감은 『시계태엽 오렌지』의 완전판이 발행되지 않았던 시대, 유이 양의 언니나 오빠가 초등학생이었을 때 누군가가 쓴 글이겠죠. 나오 양이 알아채지 못한 걸로 봐서는 큰오빠와 비슷한 또래의 학생이 썼을 가능성이 커요. 다른 증거를 찾아내기는 어렵지 않을 거예요."

얼마간 아무도 말이 없었다.

하야카와문고판 『시계태엽 오렌지』를 꼭 쥐고 있던 유이는 기운이 빠진 듯 힘없이 팔을 떨궜다.

"……아무도 모를 줄 알았는데."

고개를 숙인 채 혼잣말처럼 중얼거렸다.

"옛날 문집에서 다음에 볼 책을 찾아보는 걸 좋아하거든요……. 그런 문집에는 해마다 한 명씩은 엄청난 독후감을 쓰는 사람이 꼭 있어요. 제가 읽은 글 중에서 가장 놀란 게 이 『시계태엽 오렌지』의 독후감이었어요. 문장도 좋고, 내용도 어른스러워서…… 정말 좋은 글이었어요."

어떤 초등학생이 이 소설을 읽고 독후감을 쓴 건 사실이라는 얘기다.

분명 어느 시대 어느 학교에서나 유별나게 책을 좋아하는 아이는 있으리라. 어쩌면 내 주변에도 있었을지 모른다.

"독후감에 끌려서 『시계태엽 오렌지』도 읽어보고 싶었는데…… 막상 읽어보니까 알렉스라는 놈이 생각보다 더 나쁜 놈이고, 어려운 말이 잔뜩 있고……. 결국 3분의 1쯤 읽다 말았어요."

언니인 나오도 똑같은 이야기를 했다. 자매의 책 취향은 의외로 비슷한 모양이다.

"하지만 왜 독후감을 베낀 건가요?"

시노카와 씨가 물었다.

"그게 이해가 안 갔어요. 『시계태엽 오렌지』를 끝까지 읽지 못했으면 다른 책을 읽고 독후감을 쓸 수도 있었잖아요."

유이의 얼굴에 홍조가 돌았다. 갑자기 앳되어 보였다. 아니, 이제야 제 나이 또래로 보이는 것이다.

"언니가…… 이런 책은 못 읽겠다고 해서."

"네?"

"……얼마 전에 언니한테 남자친구가 생겼거든요."

우리는 무심코 서로 마주보았다.

시노카와 씨가 표정으로 '알고 계셨어요?'라고 묻는 것 같았다.

나는 '전혀 몰랐는데요'라는 얼굴로 고개를 저었다.

지난달에 나오는 좋아하던 남학생에게 고백했다가 심하게 차였다. 책을 훔친 것도 그 과정에서 저지른 짓이다. 나오를 찬 소년은 반에서 고립되자 적반하장으로 원한을 품고 비블리아 고서당의 간판에 불을 지른 끝에, 지금도 정학 중이라는 이야기를 들었다.

"여름방학에 선물로 과자를 만들었는데…… 아마 둘이 잘 됐나 봐요. 아주 머리가 좋은 사람인지, 어려운 책을 많이 빌려다 읽더라고요. 언니가 나보다 책을 더 잘 아는 것 같아서……."

머리가 지끈거렸다.

이 소녀는 뭔가 단단히 오해하고 있다. 고스가 나오가 책을 빌리는 상대는 남자친구가 아니라 아버지뻘, 아니 그 이상으로 나이 차이가 나는 책등빼기 겸 노숙자다.

사실을 말하려다 입을 다물었다. 본인이 가족들에게 하지 않은 이야기를 제삼자인 내가 할 수는 없다.

"언니보다 책을 많이 읽는다는 걸 보여주고 싶었군요?"

시노카와 씨는 차분한 목소리로 말했다.

유이는 꾸벅 고개를 숙였다.

"이 일은 언니한테 말하지 말아주세요. 의외로 고지식한 성격이라 분명 부모님한테 죄다 말할 거예요. 그렇게 되면 정말 일이 커져요."

"그래도……."

"제가 잘못한 건 알아요. 하지만 어차피 우리 가족들하고 담임선생님밖에 모르는 일이잖아요. 이 독후감을 쓴 사람도 모를 테고. 저기, 두 분만 모른 척해주시면……."

"유이 양."

갑자기 시노카와 씨가 유이의 이름을 물었다. 사람을 아무 말도 못하게 만드는 묵직한 목소리였다.

"유이 양은 예전 졸업생이 쓴 독후감을 자기 것인 양 베꼈어요. 만일 그녀가 알아채지 못했더라도 그 사실 자체는 남아요. 그리고 읽지도 않은 책의 감상을 쓰는 건 지은이에 대한 모독이라고 생각해요. 책을 좋아하잖아요, 그렇지 않나요?"

계산대 안에서 시노카와 씨는 자신의 무릎에 손을 올리고 있었다.

나는 그녀가 어떤 책의 표지를 어루만지고 있다는 사실을 깨달았다. 노란 띠지를 씌운 『시계태엽 오렌지』 불완전판이었다. 나에게 설명했을 때 가져온 책이다.

"버지스는 이렇게 말했어요. '우리는 자신의 글을 삭제할 수는 있지만, 글을 썼다는 사실 자체를 지울 수는 없다.' 유이 양이 이 독후감을 표절한 사실이 사라지지는 않아요. 자신이 저지른 일의 무게를 짊어져야 해요."

유이는 입술을 꽉 깨물었다. 앞으로 일어날 일들에 겁을 먹은 것이리라.

"언니한테 전부 털어놓고 조언을 구하세요. 제가 하고 싶은 말은 그뿐이에요."

"네?"

"나오 양이라면 분명히 동생을 생각해서 사태가 원만하게 수습되도록 애쓸 거예요. 지금 유이 양이 어떤 심정인지 이해해줄 거고요."

시노카와 씨의 말대로 나오라면 절대 해서는 안 될 일을 저지른 이의 심정을 헤아려줄 것이다.

나오 역시 해서는 안 될 짓을 저지른 적 있으니까. 그리고 동생을 아끼는 마음을 가지고 있으니까.

이내 유이는 조용히 고개를 들었다.

"알았어요. 그렇게 할게요."

8

고스가 유이 사건에 대해 내가 말할 수 있는 건 여기까지다.

언니인 나오는 그 뒤로 어떻게 되었는지 우리에게 말해주지 않았다. 며칠 뒤에 가게로 찾아와 시노카와 씨에게 고맙다고 인사했을 뿐이다.

그 이상 일이 커지지 않은 걸 보면 동생이 한 일에 대해 부모에게 말하지 않은 것이리라.

저번 휴일에 오후나의 서점에서 나오와 유이를 보았다. 문고본 코너 앞에서 나란히 서서 즐겁게 재잘거리고 있었다.
조금은 친해진 모양이다.

내가 말할 수 있는 건 여기까지라고 했지만, 실은 나에게 중요한 의미를 가지는 후일담이 있다.
유이가 가게로 찾아온 다음날 일이다.
점심이 지난 오후, 시노카와 씨가 점심을 먹으러 자리를 비웠을 때였다. 근처에 산책 나왔다 들른 단골손님이 돌아가자 가게에는 나 혼자밖에 없었다.
불현듯 계산대에 놓인 『시계태엽 오렌지』가 눈에 들어왔다. 마지막 장이 실리지 않은 구판이다.
시노카와 씨는 안채 2층에서 이 책을 가져왔다. 재고가 아니라 본인이 소장한 책이라는 뜻이라.
다시 띠지를 살펴봤다. '하야카와쇼보 창립 50주년'.
책장을 넘겨 판권면을 보니 '1995년 1월 15일 25쇄'라고 적혀 있었다. 생각보다 오래된 책이다.
15년 전.
물론 시노카와 씨가 헌책을 샀을 가능성도 있지만, 만일 새 책으로 샀다면 이때는 아직······.
"아."

입술 사이로 소리가 흘러나왔다.

전날부터 머릿속에 있었던 몇몇 의문들이 순식간에 하나로 이어졌다.

'만일 **그녀**가 알아채지 못했더라도 그 사실 자체는 남아요.'

시노카와 씨는 그렇게 말했다.

잘 생각해보니 유이는 독후감을 쓴 사람이 여학생이라는 말은 하지 않았다. 남학생일 가능성도 있었다.

그리고 시노카와 씨의 집은 고스가네 집과 마찬가지로 시립초등학교의 학군에 포함된다. 자기 입으로 '초등학교까지는 공립에 다녔다'고 말했으니, 시노카와 씨도 그 학교의 졸업생일 것이다.

어째서 그 사실을 숨겼을까?

"제가 좀 늦었죠."

순간 들려온 목소리에 나는 고개를 들었다. 안채에서 나온 시노카와 씨가 문을 닫고 있었다.

"잠깐 찾을 게 있어서……."

『시계태엽 오렌지』를 펼쳐든 내 모습을 보고 그녀는 숨을 삼켰다.

아니면 처음부터 뭔가 결심을 굳히고 있던 걸까. 웬일로 내 눈을 똑바로 바라보며 말문을 열었다.

"저어, 고우라 씨에게 할 말이……."

그러면서 옆구리에 낀 얇은 책자를 나에게 내밀었다. 이 책자를 찾았던 모양이다.

표지에는 『새싹』이라는 제목이 적혀 있었다. 그 밑에는 '가마쿠라 시립 이와타니 초등학교 1995년'이라고 적혀 있었다.

말없이 책자를 받아 페이지를 넘겼다.

목차를 보니 실린 것은 모두 독후감이었다. 독후감 대회가 열릴 때마다 발행된 문집이리라.

문제의 페이지는 금방 찾을 수 있었다.

『시계태엽 오렌지』를 읽고

그다음 줄을 보았다.

4학년 2반 시노카와 시오리코

"죄송해요."

그녀는 얼굴을 새빨갛게 붉히며 고개를 숙였다.

"이거…… 제가 쓴 독후감이에요."

역시 그랬군.

시노가와 씨는 추리로 이번 사건을 해결한 게 아니다.

유이가 무슨 일을 저질렀는지 처음부터 알고 있었으면서 수수께끼를 해결하는 시늉을 했던 것이다.

"어째서 처음부터 말하지 않았습니까?"

나는 영문을 알 수가 없었다.

숨길 필요가 있나? 유이에게 길게 설명할 필요 없이, 그냥 이 문집을 보여주며 '내가 쓴 글이다'라고 했으면 순식간에 끝날 일이었다.

"그건."

그녀는 기어들어가는 목소리로 말했다.

"고, 고우라 씨가……."

나? 내가 뭘 어쨌다고?

"'중학생이 그러면 앞으로 어떤 어른이 될지 주변 사람들이 걱정하는 것도 당연하지'라는 시다 씨의 말에 '그럴 수도 있겠다'고 대답했잖아요."

"아."

이 글을 썼을 때 시노카와 씨는 중학생은커녕 아직 초등학생이었다.

나도, 시다도 모르고 한 말이었지만 바로 눈앞에 '어른'이 된 당사자가 있었던 것이다.

"저도 이 독후감을 썼을 때 지적하는 선생님이 있었어

요. 이런 감상을 쓰는 학생은 앞날이 걱정된다고. 물론 제 편을 들어주신 선생님도 계셔서 문집에 실린 거지만, 그래도……"

시노카와 씨의 목소리가 점점 작아졌다.

"고우라 씨가 절 그런 식으로 생각하는 게 싫어서."

그러고 보니 시다가 나타나기 직전에도 이 독후감에 대해 뭔가 말하려 했다. 분명 그때 사실대로 말하려 한 것이다.

불현듯 독후감의 한 문장이 눈에 들어왔다.

나는 무슨 내용인지도 모르고 시마노서점에서 이 책을 샀다.

고스가 유이의 독후감과 유일하게 다른 부분이었다.

분명 용돈을 받자마자 자전거를 타고 서점으로 달려가 책을 샀으리라.

초등학교 4학년생 시노카와 씨의 모습이 머릿속에 떠올랐다.

"이런 독후감을 쓰는 초등학생을 어떻게 생각하세요?"

나는 『새싹』을 넘겨 다른 독후감을 훑어봤다.

모리 오가이, 다자이 오사무 등 근대 문학작품의 독후감도 여럿 눈에 띄었지만, 시노카와 씨의 감상문은 그 가운데에서도 단연 색다른 빛을 내뿜고 있었다.
"특이하긴 하지만 딱히 잘못한 건 아니니까요."
나는 그렇게 대답했다.
"만나보고 싶네요. 초등학생 시노카와 씨를."
시노카와 씨는 쑥스러운 듯 웃었다.
초등학생이 이런 독후감을 쓴 게 무슨 잘못이란 말인가. 감상은 그저 감상일 뿐이다.
대부분의 사람들은 현실에서 어떤 행동을 할지 스스로 판단할 수 있다. 이 작품에서도 알렉스는 자신의 의지로 악행에서 졸업하지 않는가.
나는 문집을 덮고 그녀에게 도로 건넸다.
『시계태엽 오렌지』의 작가가 말했듯 자신이 글을 썼다는 사실 자체를 지울 수는 없다. 하지만 이 독후감을 썼다는 사실을 없었던 일로 할 필요는 없으리라.
"완전판을 읽고 어떻게 생각했어요?"
"네?"
"시노카와 씨의 감상이 궁금해요."
당연히 결말이 바뀌었으니 감상도 바뀌었을 것이다. 현재의 그녀가 이 작품을 어떻게 생각하는지, 나는 그게 가장 궁금했다.
시노카와 씨의 미소가 한층 환해졌다.

"길어질 텐데 괜찮으시겠어요?"
"그럼 영업 끝나면 들려주실래요?"
"네, 좋아요."
우리는 각자 할 일을 시작했다.
책무더기 너머로 돌아간 그녀는 여느 때처럼 어설픈 휘파람을 불고 있었다.
지금은 책도 읽지 않는데 말이다.

福田定一『名言随筆サラリーマン』──六月社

02
명언수필 샐러리맨

후쿠다 데이치

로쿠가쓰샤

시바 료타로 | 司馬遼太郎, 1923년~1996년

일본의 문인. 산케이신문사에 재직 중 쓴 소설 『올빼미의 성』으로 나오키상을 받아 인기 작가로 부상했다. 막부시대 말기의 개혁가 사카모토 료마를 다룬 『료마가 간다』, 에도 말기의 무사 조직 '신센구미'를 다룬 『타올라라 검』과 『신센구미 혈풍록』 등 역사 변동기의 풍운아들에게 초점을 맞춘 참신한 역사소설로 큰 인기를 모았다. 현재 일본 대중들에게 친숙한 신센구미 상을 만든 장본인이기도 하다.

1

 가게 앞에 차를 대려면 한 바퀴 빙 돌아야 했다.
 T자 도로에서 신중하게 운전대를 꺾어 기타가마쿠라 역 승강장 옆 비좁은 골목으로 들어섰다.
 '고서 매입합니다, 성실하게 감정해드립니다'라고 적힌 간판 앞에 안경 낀 긴 생머리 여성이 서 있었다.
 가을에 맞춰 칼라에 털이 달린 재킷과 긴 치마를 입었지만, 어깨에 멘 가방은 공사장 인부들이 쓸 법한 투박한 물건이라 뭔가 차림새와 어울리지 않았다.
 나는 그녀의 바로 앞에다 차를 세우고 손을 뻗어 조수석 문을 열었다.

"기다리셨죠."

그렇게 말하자 그녀는 꾸벅 고개를 숙이며 차에 탔다.

어색한 동작으로 지팡이를 접더니, 안전벨트를 착용하고 무릎에 올려놓은 가방을 꼭 끌어안는다.

"갈까요."

목소리에서 긴장이 묻어났다.

"네, 가지요."

사이드브레이크를 내리고 천천히 출발했다.

엔가쿠지 앞에 들어서자 울긋불긋하게 물들기 시작한 단풍이 보였다.

단체 여행객들인지, 모자 쓴 아주머니 아저씨 들이 한꺼번에 길을 건너는 탓에 좀처럼 앞으로 나아갈 수가 없다. 단풍놀이철을 맞은 가마쿠라에선 흔히 있는 일이다.

"처음이네요."

시노카와 씨가 말문을 열었다.

"뭐가요?"

"이렇게 외출하는 거요."

나는 잠시 아무 말도 하지 못했다.

그녀 말대로 이렇게 단둘이 바깥에 나온 일은 지금까지 거의 없다.

그러나 지금 이 상황이 그다지 가슴 떨리지는 않았다.

"하지만 언젠가는 고우라 씨 혼자 가셔야 해요. 서두르지 않아도 되니까 하나씩 배워두세요."

"네."

나는 얌전히 고개를 끄덕였다.

당연한 말이지만 오늘 이 외출은 데이트가 아니다.

우리가 탄 차는 비블리아 고서당의 낡은 영업용 봉고차였다. 짐을 많이 실을 수 있도록 뒷좌석이 접혀 있었다.

"오나리마치에 있는 댁이랬죠?"

"네, 꽤 큰 집이에요. 서재가 따로 있다고 들었어요."

오나리마치는 가마쿠라 역 근처 주택가다.

우리는 출장 매입을 나서는 길이었다. 즉 고객의 자택을 방문해 직접 책을 사러 가는 것이다.

철도 건널목을 건너 국도에 들어서자 나는 조금 속도를 올렸다. 오렌지색 버스 뒤를 따라 완만한 비탈길을 올라갔다.

"고우라 씨는 그분 댁에 가보신 적이 있나요?"

순간 뜨끔했다.

"예. 뭐, 같은 반이었으니까요."

거짓말은 아니었다.

나는 고등학교 동창에게 책을 매입하러 와달라는 부탁을 받고 시오리코 씨와 함께 그 집으로 찾아가는 중이다.

사실 설명하기 어려운 사정이 더 붙기는 한다.

내가 긴장한 건 바로 그 '사정' 때문이다.

이틀 전의 일이다.

오후나 역 옆에는 오래된 상점가가 있다.

좁은 거리에 작은 가게들이 다닥다닥 붙어 있어서 저녁에는 장 보는 사람들로 북새통을 이루는 곳이다. 사람 다니는 곳까지 물건이 쌓여 있어서 지나다보면 꼭 누군가와 어깨를 부딪히곤 했다.

신선 식품과 일용품을 파는 가게가 대부분이었지만, 역에서 멀어질수록 일본주 이름을 써 붙인 선술집 간판이 눈에 띄었다.

날이 저물어갈 무렵 선술집들이 하나 둘 가게 문을 열면 퇴근길의 회사원이나 근처 주민들이 찾아 들어가 회포를 푼다.

나도 그런 선술집 중 한 곳에서 술잔을 기울이고 있었다. 해산물 안주를 시키면 듬뿍 나오고, 무엇보다 값이 싼 가게다.

이번에는 고등학교 친구와 함께 왔다.

"지금도 그 고서점에서 일해?"

맥주가 나오자 사와모토가 물었다.

고등학교 시절 3년 동안 같은 반이었던 친구가 둘 있는데, 그 중 하나가 이 녀석이다.

"한 번 관뒀다가 다시 일하게 됐어. 이런저런 일이 있어서."

"어? 전에 통화했을 때 사이타마에 있는 식품회사 최종 면접을 보기로 했다면서."

나는 말없이 고개를 저었다.

표정으로 알아챘는지 사와모토는 나를 위로하듯 서글서글하게 웃었다.

"너한테는 미안하지만, 그래도 난 동네에서 같이 술 마셔줄 친구가 있어서 좋다. 너 말고는 같이 마셔줄 사람이 없거든."

어느새 사와모토의 맥주잔은 깨끗이 비어 있었다.

사와모토는 짜증날 정도로 이목구비가 뚜렷하고 인상이 강한 녀석인데, 둘째가라면 서러워할 주당이다.

고시고에 쪽에 있는 사와모토네 집은 수산업을 하며 수산물 직판장을 운영했다. 고등학교 시절 검도부 주장을 한 사와모토는 반에서는 든든한 맏형 같은 존재로 통했다.

재수해서 국립대에 들어가더니 올해 졸업반이라고 한다. 외국계 전자제품 회사에 취직자리가 정해진 상태다.

"네가 있으면 그 가게도 걱정 없겠네. 거기 사장님이 스토커한테 해코지를 당해서 난리도 아니었다며."

"그건 어떻게 알았어?"

나는 눈을 휘둥그레 떴다.

엄밀히 말하면 시노카와 씨가 아니라 그녀가 소장한 다자이 오사무 희귀본의 스토커였다. 범인 다나카 요시오는 체포되어 신문기사에도 이름이 실렸다. 하지만 피해를 입은 시노카와 씨의 이름과 가게 이름은 익명으로 처리됐다.

이 녀석이 어떻게 아는 거지?

"동네에서 일어난 일이잖아. 건너 들었지."

사와모토가 큰 소리로 말했다.

"범인은 어떻게 됐어?"

"지금 재판 중이야. 실형 살 것 같아."

다나카 요시오는 앞으로 몇 년 동안 감옥살이를 할 것이다. 물론 언젠가는 나오겠지만.

훗날 그가 다시 시노카와 씨 앞에 나타나지 않으리라고 장담할 수는 없다.

"그 사장님하고는 언제부터 사귄 거야? 대단한 미인이라면서."

나는 얼굴을 찌푸리며 맥주잔을 내려놓았다.

그런 소문까지 도는 건가?

아니, 사와모토의 정보망이 쓸데없이 넓은 건지도 모른다.

"사귀기는. 그냥 고용 관계야."

"이상하네. 내가 들은 이야기로는 범인이 붙잡힌 다음에 네가 고백했다던가……"

"아니, 아니, 네가 잘못 들은 거지! 고백한 게 아니라, 책을……"

"책?"

"아니, 됐다."

책 이야기를 하면서 화해한 것뿐이다. 하지만 거기까지 이르는 과정을 설명하기가 어려웠다.

"네가 얘기하는 걸 들어보면 단순히 사장과 종업원 관계는 아닌 것 같은데?"

"글쎄……"

시노카와 씨는 책 말고 다른 이야기는 거의 하지 않는다. 개인적인 부분까지 상관해도 되는 사이인지 아직 알 수 없었다.

이런 타입의 여성은 처음이다.

사와모토는 짙은 눈썹을 찡그렸다. 뭔가 마음에 걸리는 게 있는 모양이었다.

"왜 그래?"

"지난달인가, 네 얘기가 나와서 고서점에서 일한다고 말했거든. 그때 새 여자 친구가 생겼다고 말해버렸어."

"누구한테?"

"고사카한테."

안주를 집으려던 나는 동작을 멈췄다.

고사카 아키호.

고등학교 3년 내내 같은 반이었던 또 한 명의 친구다.

"걔하고 연락은 하고 지내?"

"가끔 문자나 통화는 해."

머릿속에서 질문이 맴돌았다.

말문을 열려 했을 때 추가 주문한 맥주와 생선 튀김이 나왔다. 그 틈에 사와모토가 뭔가 생각난 듯 손뼉을 쳤다.

"그러고 보니 어제도 문자가 왔어. 친척 중에 누가 돌아가셔서 지금 본가에 내려왔나 봐."

사와모토는 생선 튀김을 입에 넣고 맥주를 들이켰다.

"오늘 너랑 만난다고 하니까 자기도 같이 보자고 하더라고."

"뭐?!"

나는 젓가락을 떨어뜨릴 뻔했다. 표정에도 동요한 기색이 역력했으리라.

"불편해?"

"그건 아닌데……."

너무 갑작스러워서 마음의 준비를 하지 못했다.

마지막으로 만난 지 벌써 3년…… 아니, 4년인가. 10년은 지난 것 같은데.

침착하자. 올지 안 올지도 확실하지 않다. 집안일로 내려왔으면 이것저것 바쁠 테니까.

마음이 좀 가라앉는가 싶은 순간.

"그건 아닌데, 뭐?"

놀라서 돌아보자 늘씬한 여자가 서있었다.

남색 원피스에 베이지색 코트, 집안 모임에 어울리는 차림새였다. 어깨 길이의 머리카락은 살짝 구불거렸고 화장도 엷게 했다.

"오랜만이야, 다이스케."

고사카 아키호는 하얀 이를 드러내며 활짝 웃었다.

예전과 다름없는 미소였다.

2

사와모토와 친해진 건 출석번호가 붙어 있었기 때문이고, 교실에서 처음 배정 받은 자리도 가까웠기 때문이었다.

고사카 아키호와도 자리가 가까웠지만, 어떤 계기로 대화를 나누게 되었는지는 확실히 기억나지 않는다. 그녀는 어느새 다가와 사와모토와 내 이야기에 웃으며 맞장구를 치고 있었다.

좀 오목한 눈에 얇은 입술. 결코 남들의 시선을 끄는 생김새는 아니었지만, 목소리가 곱고 낭랑했다. 부드러운 말씨 안에 굳은 심지가 있었고, 이따금 하는 얘기가 듣는 사람의 마음을 흔들었다. 또래 여자애들보다 훨씬 성숙한 아이였다.

검도부 연습으로 바빴던 사와모토와 달리 나와 아키호는 동아리 활동을 하지 않았다.

오후나 역 앞의 패밀리 레스토랑에서 아르바이트를 하던 아키호와 가끔 둘이서 집에 가기도 했는데, 본격적으로 친해진 건 2학년 여름방학 때였다.

도서관에서 함께 과제를 했던 것이 계기였다.

사와모토가 여자 검도부 후배와 사귀기 시작하면서 나와 고사카 둘이서 행동하는 일이 많아진 것도 영향을 끼쳤을지 모른다. 이렇다 할 공통의 화제도 없었고, 서로 말수도 적은 편이었지만 학교에서 있었던 일을 하나둘 이야기하는 것만으로도 즐거웠다.

가을이 깊어질 무렵에는 우리 사이에 끼어드는 사람이 거의 없었다.

당사자들이 연애감정을 자각하기보다는 둘이 사귄다는

소문이 퍼진 게 더 빨랐던 것 같다.

겨울 즈음에는 우리도 그 소문을 들었다.

당혹스러워하는 나와 달리 아키호는 침착했다.

속으로 어떻게 생각했는지는 모른다. 어쨌든 학교가 끝나고 둘이서 집에 가는 길에 그녀가 먼저 말했다.

"입시가 끝나면 정식으로 사귀자."

내 대답은 "어, 그러자."였다.

서로의 마음을 확인한 건 그때가 처음이었다.

대입 시험을 앞둔 커플답게 졸업까지는 건전하게 만났다.

이따금 일부러 먼 길을 돌아 학원에 가면서 인적 드문 공장 뒤에서 손을 잡았던 게 전부였다. 아키호의 손은 생각보다 훨씬 작고 따스했다.

이듬해 봄, 나는 그저 그런 사립대학 경제학부에 간신히 들어갔고, 아키호는 국립대학 문학부를 포함한 몇몇 대학에 합격했다.

결국 그녀가 선택한 건 사립대학 예술학부 사진학과였다. 나를 포함해 주변 사람들은 모두 깜짝 놀랐다.

아키호는 앞으로 사진에 관련된 일을 하고 싶다고 했다.

생각해보면 데이트할 때 가끔 커다란 일안一眼 리플렉스 카메라를 가져온 적이 있었다. 아르바이트를 하는 이유도 비싼 렌즈를 사기 위해서라고 들었지만, 어디까지나 취미인 줄 알았다.

나는 처음으로 아키호에게 위화감을 느꼈다.

어째서 나에게 그런 이야기를 하지 않은 걸까.

어쩌면 나는 그녀에 대해 전혀 모르는 게 아닐까.

그것도 잠시, 입시에서 해방된 기쁨으로 위화감은 머릿속에서 금방 사라졌다.

고사카 아키호는 자신에 대해, 특히 가정환경에 대해 거의 말하지 않았다. 단편적으로 몇 마디 들은 것뿐이다. 아키호의 부모는 헤어졌고 그녀는 아버지 집에 살고 있는데, 같이 사는 가족들과 사이가 좋지 않다는 정도.

그런 복잡한 가정환경 때문인지 오히려 지나칠 만큼 귀가 시간이 엄격했다. 아키호가 도쿄의 대학교에 입학하고도 무슨 일이 있어도 저녁 8시까지는 가마쿠라의 집에 돌아와야 할 정도였다. 캠퍼스가 도쿄의 네리마에 있어서 학교와 집을 오가는 데만 왕복 3시간 이상 걸렸다. 평일에는 자유 시간이 없는 거나 마찬가지였다.

불만이 없지는 않았겠지만 아키호는 귀가 시간을 지켰다.

딱 한 번, 연휴에 나와 요코하마의 모토마치에서 데이트를 하다 늦게 들어간 적이 있었다. 언덕에 있는 오래된 교회를 구경하러 갔다 길을 잃고 만 탓이다. 서둘러 돌아갔지만 가마쿠라 역에 도착했을 때는 이미 8시가 지난 시각이었다.

 나는 역에서 헤어지자는 아키호의 말을 무시하고 집까지 바래다주겠다고 나섰다.

 아키호의 집은 오나리마치의 주택가에서도 한층 눈에 띄는 으리으리한 저택이었다. 육중한 대문과 일본식 정원에도 눈이 휘둥그레졌지만, 무엇보다 나를 놀라게 한 것은 마중까지 나온 가족이 있었다는 사실이었다.

 허리를 꼿꼿하게 편 작은 체구의 노인이 정원의 징검돌 위에 서서 팔짱을 끼고 있었다.

 백발을 짧게 깎고, 고급스러워 보이는 짙은 빛깔의 기모노를 입고 있었다. 아마 그녀의 할아버지이자 이 집의 주인이리라. 그 싸늘한 시선에 등골이 오싹해졌다.

 "처음 뵙겠습니다. 고우라 다이스케라고 합니다."

 한마디 말도 없이 도망칠 수는 없었다. 나는 꾸벅 고개를 숙이며 인사했다.

 "아키호가 저 때문에 길을 잃는 바람에 늦었습니다. 정말 죄송합니다."

 대답이 없었다.

 조심스레 고개를 들자 노인은 말없이 아키호에게 턱을 까닥하더니 안으로 들어갔다.

 그녀 역시 종종걸음으로 그 뒤를 쫓았다.

나는 홀로 문 밖에 남겨졌다.

지금 생각해보면 그 일이 결정적이었던 것 같다.

장마가 시작되기 전에 아키호는 집을 나와 학교 근처에서 자취를 시작했다. 그녀가 집안의 감시에서 해방되었다는 사실이 나는 마냥 기뻤다. 방해받지 않고 단둘만의 시간을 보낼 수 있으리라고 기대했던 것도 사실이다.

하지만 이사한 뒤로 둘이서 보내는 시간은 오히려 줄어들었다.

생활비를 지원받지 못하는 듯, 아키호는 동시에 여러 아르바이트를 해야 했다. 유도부에 들어간 나도 단증을 따기 위해 훈련에 매진했다.

집이 멀어지면서 데이트 횟수도 점점 뜸해졌다. 어쩌다 시간을 내도 아키호는 피곤에 찌든 표정이었고, 웃는 얼굴을 보기가 힘들었다.

자신이 얼마나 힘들고 피곤한지 말해주었더라면 차라리 나았을지도 모른다. 하지만 그녀는 약한 모습을 남에게 보이기 싫어했다. 사귀는 동안에 조언이나 도움을 요청한 적은 한 번도 없었다.

생각해보면 나는 아키호의 모든 걸 안다고 자만했는지도 모른다.

그때 나는 어렸다. 한 번 벌어진 관계의 골을 메울 방법을 알지 못했다.

어색한 침묵만 가득했던 여름이 지나고 가을에서 겨울로 계절이 바뀔 무렵에는 연락조차 끊겼다. 내가 먼저 연락을 하지 않으면 이 관계는 끝날 게 분명했다. 하지만 그래도 상관없다고 생각했다. 그런 자신이 놀라울 따름이었다.

고등학교 때부터 사귀던 커플이 서로 다른 대학에 다니며 점차 멀어지고, 흐지부지 관계가 끝나버린다. 주변에서 흔히 볼 수 있는 일이다.

나는 확실하게 끝맺음을 하고 싶었다.

마지막으로 만난 건 크리스마스 직전, 이케부쿠로 역 근처의 공원에서였다.

밀리터리 코트를 입은 그녀는 눈에 띄게 야위어 있었다. 무척 피곤해 보였다. 촬영 중이었는지 목에는 큼지막한 일안 리플렉스 카메라를 건 모습이었다.

"너하고는 오랫동안 친구로 지냈지. 이렇게 흐지부지 끝내기는 싫어."

며칠 동안 고민한 끝에 내 마음을 솔직하게 털어놓기로 했다. 달리 방법이 없었다.

"나랑 사귀기 싫으면 그렇다고 말해줘."

금방이라도 눈발이 쏟아질 것 같은 추운 날이었다. 해가 저물어 어둑어둑한 공원에는 아무도 없었다.

우리는 하얀 입김을 내뿜으며 서있었다.

"……그러게."

오랜 침묵 끝에 그녀는 나직하게 중얼거렸다. 처음 만났을 때처럼 고운 목소리로.

"우리 그냥 친구로 지내자."

그게 이별의 말이었다.

결국 그 뒤로 우리는 연락하지 않았다.

그녀도, 나도 끝까지 한 번도 좋아한다는 말을 하지 않았다는 사실을 깨달은 건 그로부터 한참이 지나고 나서였다.

"……그때는 독립한 지 얼마 안 된 때라 아르바이트다 뭐다 해서 정말 적응하기 힘들었어."

아키호는 차분한 표정으로 레몬샤워를 마셨다. 벌써 잔을 반쯤 비웠다.

"물론 출석은 제대로 했고, 이것저것 공부도 했지만 남과 관계를 맺지 못했던 시기였어. 처음 1년은 학교에서도 거의 혼자 지냈고."

"나도 그 마음 알 것 같아. 환경이 급격하게 바뀌면 그럴 법도 하지."

사와모토가 큰 소리로 맞장구를 쳤다.

"그래서 너한테는 정말 미안하게 생각해. 다신 못 볼 줄 알았어."

"오늘 봤잖아."

두 번째 잔을 비우며 나는 손으로 서로의 얼굴을 가리켰다.

설마 재회한 지 채 10분도 지나지 않아서 이런 심각한 이야기가 나올 줄이야.

"아, 듣고 보니 그러네. 미안해."

"……됐어."

그때도 아키호에게 화가 난 건 아니었다. 서로 어쩔 수 없는 상황이었다는 건 나도 잘 알고 있다.

문득 눈이 맞자 아키호는 생글생글 웃었다.

전에도 이런 성격이었나? 뭔가 의아했다.

원래 성격이 차분하기는 했지만, 지금은 그걸 넘어서 뭔가 뻔뻔해진 것 같다.

"넌 벌써 취직했지? 무슨 회사야?"

이제 슬슬 분위기를 바꿔야겠다고 생각했는지 사와모토가 다른 화제를 꺼냈다. 말투는 직설적이지만 가만 보면 은근히 분위기를 잘 파악하는 녀석이다.

"산겐자야에 있는 사진 스튜디오. 선배 연줄로 어시스턴트로 들어갔어."

아키호가 대답했다.

"월급은 짜지만 자기 사진을 찍을 수 있어서 좋아. 인터넷에도 사진을 올리니까, 나중에 사이트 주소 알려줄게."

그녀는 신이 난 표정으로 자신의 작품에 대해 이야기하기 시작했다. 요새는 20세기 초중반에 지은 낡은 주택을 돌며 주민들의 초상화를 건물과 함께 찍는 작업을 한다고 했다. 프로 사진가가 되기 위해 쉬지 않고 노력하는 모양이었다.

예전보다 말수도 늘었고 사교성도 좋아진 것 같았다. 그 모습을 보니 엄한 직장에서 고생하는 걸 알 수 있었다.

근황을 듣다 보면 지금 사귀는 사람 이야기가 나올지도 모른다는 생각에 귀를 기울이는 자신의 모습을 알아채고 흠칫했다.

아키호가 지금 누구와 사귀든 나와는 상관없는데.

"다이스케 넌 지금 기타가마쿠라의 고서점 사장님이랑 사귄다면서?"

내가 말없이 가만히 있는 걸 알아챈 아키호가 화제를 바꿨다.

"그게, 실은 아직 사귀는 단계는 아니래."

어째서인지 사와모토가 대신 대답했다.

"정말? 사와모토 네 정보라서 틀림없는 줄 알았는데."

"단순히 고용인과 피고용인 관계도 아닌 모양이야. 뭔가 미묘한 것 같아."

"그렇구나. 그럼 가게에서 서로 바라보며 머뭇거리는 거 아냐?"

두 사람은 히죽거리며 들으란 듯 쑥덕거렸다.

"다 들리거든."

나는 두 사람을 보며 말했다.

"……나도 사정이 있단 말이야."

"그 사정이 뭔지 말해봐. 얼마든지 들어줄게."

"맞아, 어려운 일이 있으면 도울게."

사와모토와 아키호는 한술 더 떠 그렇게 말했다. 내 이야기를 안주거리로 삼을 모양이다.

술이 들어가서인지 분위기도 처음보다 훨씬 편해졌다. 쉬는 시간이면 교실에서 잡담을 하던 고등학교 시절로 돌아간 것 같았다.

여유가 느껴지는 아키호의 옆모습을 바라보다 보니 왠지 나도 이것저것 묻고 싶어졌다.

"여기서 우리랑 이러고 있어도 돼? 장례식이었다면서."

"오늘이 초재였는데, 나는 뭐…… 없어도 되는 사람 같아서 모임 도중에 빠져나왔어."

가족들이 한자리에 모인 자리인데 없어도 될 리가 있나…….

여전히 가족들과 사이가 좋지 않은 모양이다.

"그러고 보니 누가 돌아가셨는데?"

사와모토가 물었다. 벌써 맥주를 세 잔이나 비웠다.

"우리 아버지."

아키호는 태연하게 대답했다.

단번에 분위기가 얼어붙었다.

아버지와 같이 살았다는 이야기조차 처음 들었다. 나와 사와모토가 황급히 젓가락을 내려놓고 위로의 말을 전하려 했다.

아키호는 곤란한 표정으로 고개를 저으며 손사래를 치더니, 한층 더 부담스러운 집안 사정을 털어놓았다.

"아냐, 괜찮아. 괜히 불편하게 해서 미안. 편찮으신 지 꽤 됐고, 나도 지난 몇 년 동안은 거의 만나지 못했거든."

옛날에 귀가시간을 어긴 아키호를 집까지 바래다줬던 때가 떠올랐다. 그녀를 마중 나왔던 사람은 할아버지로 보이는 노인뿐이었다.

그때 아버지는 집 안에 있었던 걸까. 귀가시간이 지나서도 돌아오지 않는 딸을 왜 나와서 기다리지 않은 걸까.

"오늘은 다이스케 너한테 할 얘기가 있어서 왔어."

느닷없이 아키호는 정색하고 나를 보았다.

"나?"

심장이 쿵쾅거렸다.

대체 무슨 말을 하려고…….

"직접 연락할까 했는데 전화번호가 바뀌어서."

"어, 바꿨어."

취업 준비를 시작하기 전에 전화도, 번호도 바꿨다. 나도 아키호의 휴대전화와 번호를 모른다. 마음을 정리하려고 지워버렸다.

"할 얘기가 뭔데?"

절로 긴장이 됐다.

벌써 4년 전에 헤어진 전 남자친구에게 대체 무슨 볼일이 있을까?

종교나 다단계 권유라면 몰라도.

어쩌면…… 이건 정말 만일의 경우지만 '다시 시작하고 싶다'고 하면 어쩌지.

물론 나에게는 시노카와 씨가 있다. 아니, 그걸 있다고 할 수 있나? 현재로서는 사귀는 사이도 아니다. 사와모토의 말대로 그녀와 나는 '미묘'한 관계였다.

"……일 얘기."

아키호가 말했다.

"일?"

"그래, 책 매입 때문에."

어깨에서 힘이 빠졌다.

괜히 이런 저런 망상을 부풀린 스스로가 부끄러웠다. 자의식과잉도 아니고.

"비블리아 고서당에서 아버지가 남긴 고서를 매입해줬으면 좋겠어."

3

나와 시노카와 씨를 태운 봉고차는 오나리마치에 있는 초등학교 교문 앞을 지나쳤다.

사극에 나올 법한 큼지막한 쌍여닫이문이 보였다. 그 옛날, 이곳에 황실 별장이 있었던 흔적이라고 한다.

아키호의 집은 초등학교 바로 옆에 있었다. 납빛 기와지붕이 눈에 띄는 일본식 저택이다. 옛날에 그녀를 바래다주러 왔을 때 보았던 모습 그대로였다.

주차장에 차를 세워놓고 우리는 대문을 지나 현관으로 향했다.

지팡이를 짚은 시노카와 씨의 발걸음이 아까부터 왠지 불안해 보였다. 징검돌을 지나는 게 힘든 모양이었다.

"괜찮으세요?"

"아, 네."

나는 시노카와 씨 옆에 붙어 천천히 걸음을 옮겼다. 혹시 넘어지면 부축할 작정이었다.

시시오도시일본식 정원에서 물로 돌이나 쇠붙이를 때려 소리를 내게 하는 장치와 석등이 있는 정원은 오랜만에 본다.

예전에 왔을 때도 생각했지만, 고사카 가는 상당히 부유한 집안인 모양이었다.

연못을 들여다보자 그림에서 튀어나온 듯 새빨간 비단잉어까지 노닐고 있었다.

"……왜 우리 가게에 연락했을까요?"

"네?"

"이 댁 근처에도 고서점은 많거든요. 어째서 일부러 우리한테 매입 의뢰를 했을까요?"

"돌아가신 분의 유언이었다고 들었습니다. 우리 가게에서 책을 구입한 적이 있는 게 아닐까요?"

아키호의 아버지는 이 지역에서 레스토랑 체인을 경영했지만, 지난 몇 년 동안은 병으로 집에서 요양했던 모양이었다. 모든 일에 주관이 뚜렷한 인물로, 생전에 자신이 세상을 떠나면 소장했던 책을 어떻게 처분할지에 대해서도 꼼꼼하게 지시했다고 한다.

"장례식이 끝나고 주변이 정리되면 곧바로 집으로 업자

를 불러 감정을 받고, 끝나면 그 자리에서 대금을 받아라. 가격이 얼마 나가지 않는 상품은 두고 가라고 해라."

자신의 책을 대충 처분하는 게 싫었던 모양이다.

가장 중요한 장서 내용에 대해서는 확실히 듣지 못했다.

아키호는 옛날 시대소설이 많다는 말만 했다. 그녀도 잘 모르는 모양이었다. 친척 중에 책에 대해 잘 아는 사람도 없다고 했다.

"저는 모르는 분이에요. 아버지가 계실 때 오셨던 손님일지도 모르겠네요."

우리는 현관 앞에서 걸음을 멈췄다. 건물에서는 사람의 기척이 느껴지지 않았다.

잘 들어보니 어렴풋이 피아노 소리가 들렸다.

"아키호가 치는 건가?"

피아노를 배웠다는 이야기는 듣지 못했지만, 내가 모르는 면이 있었다 해도 이상할 건 없다.

느릿한 템포의 아름다운 곡이었다.

시노카와 씨는 현관 앞에 서서 초인종을 눌렀다. 순간 피아노 소리가 사라지고 발소리가 들렸다.

먹유리 너머로 사람의 형체가 나타나 문을 열었다.

나타난 사람은 아키호가 아니었다.

'어?'

옅은 갈색 민무늬 기모노에 회색 오비를 두른, 희끗희끗한 머리의 중년 여성이 차가운 눈빛으로 우리를 바라보았다. 콧날과 광대뼈가 튀어나왔고 눈매도 날카로웠다.

"누구시죠?"

그녀는 박력이 느껴지는 낮은 목소리로 물었다.

이 사람이 아까 그 피아노를 치고 있던 건가. 뭔가 의외였다. 연주곡의 분위기와 치는 사람 생김새가 무슨 관련이 있으란 법은 없지만.

시노카와 씨가 한 걸음 앞으로 나서 정중하게 고개를 숙였다. 상당히 긴장한 듯 드러난 목덜미가 새빨갰다.

"처, 처음 뵙겠습니다. 비블리아 고서당에서 나왔습니다. 매입 요청을 받고 찾아뵈었습니다."

시원시원한 목소리는 아니었지만 격식 차린 인사였다.

"아, 아키호한테 들었어요."

아키호의 이름을 말할 때만 뭔가 목소리가 싸늘했다. 어떤 사이인지는 모르지만 아키호를 곱게 보지는 않는 모양이었다.

"이쪽으로 오세요."

중년 여성은 우리를 집 안으로 안내했다.

시노카와 씨는 지팡이를 짚은 채 천천히 신발을 벗고 나서, 벗은 신발을 가지런히 정리했다.

"다리가 불편하신가 보군요."

그녀는 무뚝뚝하게 말했다. 빨리 움직이라고 재촉하는 투였다.

시노카와 씨와 내가 안으로 들어서자 앞장서 복도를 지났다.

"책은 안쪽 서재에 있어요."

뒤도 돌아보지 않은 채 중년 여성이 말했다.

"저어, 돌아가신 분께 인사를 드려도 될까요?"

시노카와 씨의 말에 그녀는 홱 고개를 돌려 우리를 힐끗 보았다. 무슨 생각을 하는지 표정만 봐서는 전혀 알 수 없었다.

"말씀 감사합니다. 이쪽으로."

그녀는 바로 옆에 있는 문을 열고 안으로 들어갔다.

볕이 잘 드는 방이었다. 정원 쪽으로 난 커다란 창으로 잉어가 노니는 연못과 대문으로 이어진 징검돌이 한눈에 들어왔다.

도코노마 일본식 방의 윗목에 바닥을 한층 높여 만든 곳. 꽃꽂이나 족자 등 주로 장식을 위한 공간에 놀랄 만큼 으리으리한 제단이 꾸며져 있었다. 49재까지 유골을 안치해놓는 제단인 모양이었다. 양옆에 놓인 꽃에 유골과 영정이 파묻힐 정도였다.

우리 집에도 할머니가 돌아가셨을 때 제단을 놓았지만,

이렇게 으리으리하지는 않았다. 부의 차이는 이런 부분에서도 티가 나는 모양이다.

제단 앞에 무릎을 꿇은 우리는 차례대로 향을 올렸다. 시노카와 씨가 먼저, 그다음이 나였다.

고개를 숙이고 나서 살짝 영정을 올려다보았다. 아키호의 아버지를 보는 건 이번이 처음이었다.

"어?"

저도 모르게 나지막한 외침이 터져 나갔다.

영정 속의 인물은 기모노를 입은 백발의 노인이었다. 툭 불거진 광대뼈는 옆에 있는 중년 여성과, 들어간 눈은 아키호와 닮았다.

기억에 남은 것보다 부드러운 인상이긴 해도, 아키호를 바래다주러 왔을 때 정원에서 기다리던 바로 그 노인이 아닌가.

"고우라 씨."

시노카와 씨의 목소리에 퍼뜩 정신이 들었다.

황급히 분향을 마치고 자리에서 일어나 뒤로 물러났다.

그 노인이 아키호의 아버지였다니. 당시에도 이미 60대, 아니 70대는 되어 보였는데.

"저희 아버지를 아세요?"

옆에 있던 중년 여성의 목소리에 나는 흠칫했다.

"아, 아닙니다. 실례했습니다."

우리는 방을 나와 다시 서재로 향했다.

시노카와 씨의 지팡이 소리가 조용한 복도에 울려 퍼졌다. 두 사람을 따라 걸으며 나는 아키호의 가족관계에 대해 생각했다.

아까 중년 여성 역시 그 노인을 아버지라고 불렀다. 아키호와는 한참 나이 차이가 나지만 자매인 것이다.

당연히 어머니는 다를 것이다. 배다른 자매다.

왜 아키호가 가족들과 잘 지내지 못하는지, 가족 모임 도중에 자리를 떴는지 어렴풋이나마 이해할 수 있을 것 같았다.

부모는 헤어졌다고 했지만, 이혼했다는 이야기는 듣지 못했다. 그 이전에 결혼했다는 말조차 하지 않았다. 어쩌면…….

"그러고 보니 조심해주셨으면 하는 점이 하나 있습니다."

복도 끝에 있는 문 앞에서 중년 여성이 뒤돌아봤다. 이 방이 서재인 모양이었다.

"생전에 아버지께서 지인과 통화하시는 걸 들은 적이 있습니다. 여기 있는 책 가운데 수십만 엔은 나가는 책이 한 권 있는 모양이에요. 무슨 책인지는 모르겠지만 찾으시면 제대로 가격을 쳐주세요."

그녀는 날카로운 눈매로 우리를 보았다. 값을 후려치면 가만있지 않겠다는 뜻이리라.

썩 기분 좋은 말은 아니었다. 그것도 그렇고, 아버지의 통화 내용을 멋대로 엿들은 건가?

"아, 알겠습니다. 신경 써서 보겠습니다."

시노카와 씨는 평소보다 더 가냘픈 목소리로 말하더니 꾸벅 고개를 숙였다. 여전히 더듬거렸지만 오늘은 묘하게 대답이 정중했다.

"부탁드립니다."

아키호의 언니는 한 번 더 못을 박더니 서재 문을 열었다.

널찍한 실내가 보였다. 낮인데도 어둑어둑해서 햇볕은 잘 들지 않았다. 햇볕을 받아 책이 상하지 않도록 북향의 방을 서재로 삼는 사람도 많다고 한다.

벽의 세 면이 서가였다. 바닥 위에 쌓인 박스에서 아키호가 책을 꺼내고 있었다.

움직이기 편하도록 머리를 하나로 묶고 스웨터에 청바지 차림이었다. 저번에 입었던 원피스보다 이쪽이 훨씬 잘 어울렸다.

"아, 다이스케. 빨리 왔네?"

아키호는 벌떡 일어나 시노카와 씨에게 다가왔다.

두 여자가 마주보고 있는 모습을 보니 어찌된 영문인지

마음이 불편했다.

시노카와 씨가 먼저 말문을 열었다.

"일부러 저희를 불러주셔서 감사합니다. 저는……."

"시노카와 시오리코 씨 맞죠?"

아키호는 확인하듯 말했다.

"네."

"전 고사카 아키호라고 해요. 다이스케하고는 고등학교 때 같은 반이었어요."

거기서 말을 끊고 시노카와 씨를 뚫어져라 바라보았다. 시노카와 씨는 아키호의 시선에 난감한 표정을 지으며 고개를 숙였다.

아키호는 의미심장한 표정으로 나를 보며 웃었다.

"귀여운 분이네. 잘됐다."

왜 나한테 그런 얘길 하는 거야.

도대체 무슨 대답이 듣고 싶은 거지?

"공기가 탁하네. 창문이라도 열지 그러니?"

얼굴을 찌푸리며 아키호의 언니가 말했다.

바닥 위에는 이미 대량의 고서들이 놓여 있었다. 박스에서 꺼낸 책들이리라. 오랫동안 박스에 넣어두었으니 먼지가 쌓일 법도 하다.

"직접 여시죠?"

아키호는 언니에게 눈길도 주지 않은 채 웃으며 말했다.
"항상 불평만 하고 자기는 아무것도 하지 않으면서."
실내 온도가 단숨에 내려갔다.
나는 아까 들었던 피아노 소리를 떠올렸다.
아키호의 언니는 아키호가 이곳에서 먼지를 뒤집어쓰고 책 정리를 하는 동안 느긋하게 피아노를 치고 있던 걸까.
"뻔뻔스럽기는. 아버지는 너한테 책 정리를 맡겼어. 이 가게에 관해 아버지께 말씀드린 것도 너잖아."
언니는 흥분한 기색 없이 고상한 말투로 담담하게 말했다. 그 차분한 모습이 오히려 위압감을 주었다.
"매번 그렇게 남의 이야기를 엿들으시더라. 그거 나쁜 버릇인 건 아시죠?"
아키호도 미소로 응수했다. 그녀의 박력도 만만치 않았다.
"엿들은 게 아니라 귀가 밝아서 다 들리는 거란다. 그리고 너나 아버지나 목소리가 보통 커야지. 둘이 얼굴만 마주쳤다 하면 목소리를 높이고……."
퍼뜩 외부인들이 함께 있다는 사실을 떠올렸는지, 그녀는 우리를 힐끗 보며 무뚝뚝한 얼굴로 말했다.
"흉한 꼴을 보여서 죄송합니다. 집안 사정이니 신경 쓰지 마시길."
그 집안 사정이 눈앞에서 벌어지는데 어떻게 신경을 쓰

지 말라는 건지 모르겠다.

"어쨌든 나머지는 네가 알아서 하렴. 대금을 받으면 나한테 가져오고. 계산 똑바로 해."

"알겠어요, 미쓰요 언니."

'미쓰요 언니'는 밖으로 나가기 전에 뒤돌아서 위협하듯 하얀 이를 보였다. 아키호도 이를 보이며 웃고 있었다.

어째서인지 두 사람의 표정은 무척 비슷했다.

보는 사람의 위가 다 따끔거리는 두 자매의 대립이 끝나고, 우리 셋이 서재에 남겨졌다.

아키호는 시노카와 씨에게 머리를 숙였다.

"정말 못 보일 꼴을 보여드려서 죄송해요."

"벼, 별 말씀을요."

말은 그렇게 했지만 무척 놀란 눈치였다. 책을 매입하러 왔을 뿐인데 살 떨리는 가족 다툼을 목격하게 될 줄이야.

나도 아키호가 가족들과 이렇게까지 사이가 나쁠 줄은 몰랐다.

"언니분하고는 항상 저래?"

"옛날부터 그랬어. 난…… 밖에서 낳아온 자식이니까."

침묵이 흘렀다.

저택 어딘가에서 다시 피아노 소리가 들렸다. 미쓰요 씨가 다시 연주를 시작한 모양이다.

"……처음 듣는 얘긴데."

"아, 그랬어?"

아키호의 성격 변화에 대해 방금 전에야 확신이 생겼다.

지금은 태연하게 보이지만, 옛날에는 분명 이렇지 않았다. 남자친구인 나에게조차 가정 사정에 관해 한 마디도 하지 않았을 정도다.

"하지만 미쓰요 언니는 그나마 나은 편이야. 뒤에서 쑥덕거리지 않고 할 말이 있으면 대놓고 하거든. 돈 얘기 같은 것도."

나는 흠칫했다.

아버지가 돌아가셨으니 유산 상속 문제도 남아 있을 것이다. 가족들과 사이가 좋지 않다면 돈 문제로 잡음이 일어나지 않을 리 없다.

아키호의 언니가 계산 똑바로 하라고 다그친 걸 보면 이곳에 있는 장서 또한 유산의 일부일지도 모른다.

"그럼 책 감정을 부탁드릴게요."

"아, 네."

"따로 필요한 건 없으세요? 있으면 준비할게요."

"아, 아뇨. 괜찮아요."

숄더백 안을 들여다보던 시노카와 씨가 흠칫했다. 뭔가 깜빡하고 가져오지 않은 걸까. 몇 번 더 가방을 뒤지더니 침울한 표정으로 말했다.

"죄송합니다……. 저기, 혹시 메모지 좀 빌릴 수 있을까요? 챙긴 줄 알았는데, 깜빡한 모양이에요."

고작 그것 때문에 그렇게 침울한 표정을 지은 건가.

아키호는 웃으며 고개를 끄덕였다.

"네, 가져다 드릴게요."

아키호는 가벼운 걸음으로 복도로 나갔다. 그녀는 옆을 지나치면서 힐끗 나를 보았다.

"그럼 수고해, 다이스케."

소리와 함께 문이 닫혔다.

내 이름을 부른 아키호의 목소리가 아직 서재에 남아 있는 것 같았다.

"다이스케……."

"네? 왜, 왜요?"

"……저분은 고우라 씨를 그렇게 부르는군요."

시노카와 씨는 조용히 말했다.

진짜로 이름을 불린 줄 알고 깜짝 놀랐는데.

"아, 네. 친구니까요."

학교에서 나를 그렇게 부르던 건 아키호뿐이었다. 그것

도 사귀기 시작하고 나서의 일이었다.

"그렇군요. 고등학교 때 같은 반이었다고 하셨죠?"

못을 박듯 물었다. 안경 너머로 보이는 눈동자가 뭔가 말하고 싶은 듯 나를 올려다보고 있었다.

나와 아키호의 관계를 눈치챈 모양이다.

하기야 보면 알겠지. 솔직히 내 입으로 말하고 싶지는 않았지만 그렇다고 숨길 생각은 없었다.

"실은 대학교 1학년 때까지 사귀었어요."

그렇게 대답한 순간 시노카와 씨의 커다란 눈동자가 더욱 커졌다. 여느 때보다 혈색 좋은 뺨이 한층 붉어졌다.

"네? 그, 그러셨어요?"

시노카와 씨는 새된 목소리로 말했다. 진심으로 놀란 눈치였다.

내 예상과 달리 전혀 알아채지 못했던 모양이었다. 책에 대해서는 예리해도 이런 일에는 영 둔감한 것 같다.

"죄, 죄송해요. 개인적인 일을……."

"아뇨, 뭐, 제가 말한 건데요."

시노카와 씨가 이미 눈치챈 줄 지레짐작해서 먼저 털어놓은 게 좀 후회된다.

그나저나 아까 왜 아키호가 내 이름을 부르는 걸 궁금해한 걸까?

"이름으로 부르는 게 이상해 보였어요?"

"그게 아니라, 전 줄곧 여학교였으니까요. 공학에 다닌 학생들은 남녀 간에도 편하게 이름을 부르는 건가 싶어서요. ······제 착각이었나 보네요."

시노카와 씨는 부끄러운 듯 몸을 움츠렸다.

"남자분을 이름으로 부르다니, 뭔가 부러워서······. 전 그런 기회가 거의 없었거든요."

'거의'라는 표현이 왠지 마음에 걸렸다.

'전혀' 없었던 건 아닌 모양이다.

"시노카와 씨는 사귀는 사람 없습니까?"

왠지 그런 질문을 해도 되는 분위기 같았다. 마음 같아서는 더욱 자연스럽게 물어보고 싶었지만.

"저, 저요?!"

시노카와 씨는 손가락으로 자기를 가리키며 되물었다. 무슨 뜻인지 모르겠다는 표정이다.

내가 말없이 고개를 끄덕이자, 그녀는 긴 머리를 흩트리며 붕붕 머리를 저었다.

"어, 없어요. 제가 무슨······ 말도 안 돼요!"

아니, '말도 안 된'고 말할 정도의 일인가?

어쨌든 남자친구가 없는 건 분명하다.

내심 가슴을 쓸어내렸다. 말 나온 김에 어떤 남자를 좋아하는지, 신경 쓰이는 사람은 없는지 물어볼까?

"에취!"

시노카와 씨의 재채기 소리에 타이밍을 놓쳤다.

그러고 보니 아키호는 끝내 창문을 열지 않았다. 허공에 떠다니는 하얀 먼지들이 보였다.

"환기 좀 할까요?"

"전 괜찮아요."

그녀는 손사래를 치며 말했다.

"슬슬 시작하죠."

4

나는 시노카와 씨의 지시대로 박스에서 책을 전부 꺼내 바닥에 쌓았다. 그리고 감정하기 쉽도록 책등을 가지런히 맞췄다.

서재에 있는 책을 휘익 둘러보았다.

눈길을 끄는 건 후지사와 슈헤이와 시바 료타로, 이케나미 쇼타로 같은 작가들의 시대소설과 역사소설이었다. 그리고 경제나 기업 경영에 관련된 경제경영서가 보였다. 그 밖의 책은 찾아볼 수 없었다.

시노카와 씨는 서가 앞에 서서 책등을 위에서 아래로 훑어보았다. 그리고 책을 하나씩 빼서 몇 더미로 나누어 쌓았다. 다리가 불편한데도 손놀림은 무척 익숙했다.

"어떤 식으로 나누는 거죠?"

내 물음에 그녀는 손을 멈추지 않고 대답했다.

"권당 가격을 매겨야 하는 책과 묶음으로 가격을 매겨야 할 책, 별 가치가 없어서 매입하지 않을 책이에요. 여러 권을 감정할 때 제가 쓰는 방법이죠. 다른 방법도 있을 테지만……, 어머?"

불현듯 그녀는 책 한 권을 빼서 나에게 내밀었다.

노란 상자에 『돼지와 장미』라는 제목이 인쇄되어 있었다. 지은이는 시바 료타로.

"희귀본이네요."

시바 료타로라면 나도 안다. 언젠가 드라마로 제작된 『언덕 위의 구름』을 본 적이 있다.

『돼지와 장미』라는 작품은 처음 들었다.

"어떤 내용입니까?"

"추리소설이에요."

"추리소설이요? 역사소설이 아니고요?"

"사회파 미스터리가 큰 반향을 얻었던 시대에 출판사의 요청으로 쓴 작품이에요. 주인공이 사귀던 남자의 변화를 알아채고 친구인 신문기자와 함께 그 수수께끼를 파헤치는 내용인데…… 여길 좀 보세요."

시노카와 씨는 상자에서 책을 꺼내서 뒤쪽 페이지를 펼쳤다.

나는 그녀가 가리키는 부분을 조심스레 들여다보았다. 작가 후기인 것 같았다.

……별다른 동기는 없었다. 추리소설이 유행하니까 당신도 써보라는 말을 듣고 지면을 얻었다.
나는 추리소설에 별다른 관심이 없다. 재능도 없고, 지식도 없다. 출판사에서 쓰라고 해서 썼을 뿐이다. 물론 추리소설은 이번이 마지막이고, 앞으로는 평생 쓸 생각이 없다.

"……굉장하네요."

짧은 문장 안에서 두 번이나 '출판사에서 쓰라고 해서 썼다'고 밝히고 있다. 어지간히 내키지 않은 모양이었다.

"이어지는 문장은 더 대단해요."

시노카와 씨는 비밀 이야기를 하듯 속삭였다.

나는 추리소설에 등장하는 탐정들이 영 마음에 들지 않는다.
남의 비밀을 어떻게 그리 집요하게 파헤칠 수 있는지, 그 열정의 근원이 무엇인지 모르겠다. 탐정들의 그러한 변태적인 집착이야말로 소설의 주제이며, 또는 정신 병리학의 연구 대상으로 삼아야 한다는 생각마저 든다.

눈이 휘둥그레졌다.

후기에서 작가 본인이 장르를 송두리째 부정하는 소설이라니, 들어본 적도 없다. 이 책을 산 독자들은 어떻게 생각할까.

"이 작품 재밌습니까?"

"음. 작품의 분위기는 꽤 어둡지만 평가 절하할 만한 책은 아니에요. 등장인물들의 묘사는 역시 시바 료타로답고요."

그녀는 조용히 『돼지와 장미』를 덮었다.

"이 소설은 시바 료타로 전집에서도 빠졌어요. 그 밖에도 전집에 게재되지 않은 작품이 몇 권 더 있는데, 모두 수집가들이 눈에 불을 켜고 찾는 책들이죠."

"그럼 한 권에 수십만 엔은 나간다는 책이 바로 이겁니까?"

"아뇨. 이 책은 상태가 좋은 편이 아니고, 띠지도 없거든요. 고작해야……."

느닷없이 상자 안에서 종이 한 장이 떨어졌다.

반사적으로 종이를 잡아 앞면을 보자, '영수증'이라고 적혀 있었다.

고서점의 이름과 주소가 인쇄되어 있었다. 주소는 도쿄. 책 가격은 4만 엔가량.

이만하면 비싼 축에 속했지만 수십만 엔까지는 아니다.

"아마 통신판매로 구입하신 모양이에요."

시노카와 씨는 『돼지와 장미』를 도로 상자에 넣고 책무더기에 올려놓았다. 그 무더기가 '권당 가격을 매겨야 하는 책'들이리라.

"이 서재에 있는 책 중에 값비싼 책이 많은가 보죠?"

나는 그렇게 물었다.

"글쎄요, 많다고 해야 할지 모르겠네요. 고인은 책의 구입과 보관 방법에 독특한 자신만의 규칙을 가지고 계셨던 것 같아요."

그녀는 책 더미 하나를 가리켰다. 비즈니스 매너와 영어 학습법에 관한 낡은 책과 경제잡지 과월호가 쌓여 있었다.

"이쪽에 있는 책들은 매입하지 않을 책인데, 이런 책을 굳이 보관하는 분들은 거의 없죠. 그렇다고 여러 번 읽은 것 같지도 않고요. 아마도 책을 버리지 못하는 성격이셨던 모양이에요. 물건을 소중히 다루는 분이셨을지도 모르겠네요."

"책을 통해 책 주인의 성격까지 알 수 있는 겁니까?"

"충분히 그럴 수 있을 거라고 생각해요. 취미는 물론, 직업이나 나이까지……. 책장만 보고도 그런 걸 알아맞히는 사람도 있거든요."

남의 이야기처럼 하는 걸 보면 자신의 이야기는 아닌 모양이었다. 책에 관해서 그러한 통찰력을 가진 사람이 따로 있다는 뜻이리라.

"여기를 좀 보세요."

그녀는 아직 손대지 않은 책장을 가리켰다.

낡은 단행본이 가지런히 꽂혀 있었다.

아리요시 사와코의 『하나오카 세이슈의 아내』, 『불꽃』.

이노우에 야스시의 『둔황敦煌』, 『천평天平, 일본의 연호로 729-749년. 나라시대의 용마루』, 『유전流轉』.

"아리요시 사와코나 이노우에 야스시는 현대 배경의 작품도 여럿 발표했지만, 이 중에는 하나도 없어요. 시대소설이나 역사소설이 아닌 작품에는 그다지 관심이 없으셨던 모양이에요."

"그럼 아까 『돼지와 장미』는요?"

"아, 그건 예외예요. 분명 뭔가 사연이 있어서 구입하신 게 아닐까요."

그렇게 말하며 가장자리에 있던 『유전』을 꺼냈다. 원래 종이 질이 좋지 않은 것 같았지만 보관 상태가 좋지 않았다. 물에 젖었던 듯, 책머리와 책입책머리는 책을 세웠을 때 가장 윗부분. 책입은 책등의 반대 면을 말함이 쭈글쭈글했다.

뒤표지에 가격이 꽂혀 있었다. 5만 엔이나 했다. 『돼지와 장미』에 끼워져 있던 납품서와 같은 가게의 이름이 적혀 있었다.

"이 칸에서는 가장 귀한 책이네요. 하지만 이 책도 그리 고가는 아니에요. 상태가 좋으면 더 비쌀 텐데."

나는 아무렇게나 놓인 『돼지와 장미』를 내려다보았다. 이 책도 상태가 별로라서 저렴한 편이라고 했다.

"책 상태는 별로 신경 쓰지 않으셨나 보네요."

"아니면 고서에 들이는 금액의 상한선을 정해놓고 계셨 겠지요. 어쨌든 일정 금액보다 비싼 책은 없는 것 같아요."

그러면 '수십만 엔'짜리 책은 존재하지 않는다고 봐야 한다.

아키호의 언니가 몰래 엿들은 이야기니까 진위 여부는 알 수 없지만.

"뭔가 이상해요."

5만 엔짜리 『유전』을 펼친 채 시노카와 씨는 혼잣말처럼 중얼거렸다.

"뭐가 말입니까?"

"고인은 도쿄의 고서점에서 자주 책을 구입하셨던 모양 이에요. 왜 그곳에 매입 의뢰를 하지 않았을까요? 확실하게 처분하고 싶었다면 평소에 거래하던 곳에 연락하는 게 빠를 텐데요. 굳이 우리 가게를 지정한 이유를 모르겠어요."

"아키호가 우리 가게 이야기를 했기 때문이 아닐까요?"

그것도 영 석연치 않기는 마찬가지였다.

어째서 아키호가 아버지에게 비블리아 고서당에 대해 말한 것일까. 그녀가 우리 가게를 찾아온 적은 없었는데.

"그건 그냥 계기였을 거예요. 고서에 관해 자신만의 규칙을 가진 사람이 잘 알지도 못하는 가게에 소중한 책을 팔다니, 뭔가 부자연스러워요."

나는 예전에 보았던 노인의 모습을 떠올렸다. 아닌 게 아니라 딸의 말 한마디로 중요한 일을 결정할 사람이라는 인상은 없었다.

"이 매입 의뢰에 뭔가 깊은 사정이 있는 건 아닐지……."

그때 아키호가 문을 열고 들어왔다.

"기다리셨죠, 죄송해요. 찾아봤는데 변변한 메모지가 없어요. 이거라도 괜찮을까요?"

아키호가 내민 건 전단지를 자른 종이 다발이었다.

우리 할머니도 아깝다면서 버리지 않고 재활용하셨는데, 이런 넓은 집에 사는 사람들이 절약정신을 가지고 있다니 내심 놀라웠다.

'물건을 소중히 다루는 분이셨을지도 모르겠네요.'

시노카와 씨의 말이 머릿속을 스쳐 지나갔다. 어쩌면…….

"아버님 방에서 가져온 거야?"

"어? 응, 아버지 버릇이었나 봐. 물건을 낭비하는 걸 싫어하셔서. 어떻게 알았어?"

"아니, 그냥."

책을 통해 주인의 성격을 파악할 수도 있다는 말은 사실인 모양이다.

"고맙습니다. 잘 쓸게요."

시노카와 씨는 수줍어하며 메모지를 받았다.

"겉옷 주시면 다른 방에 보관할게요. 바닥이 더러워서요. 다이스케 너도."

듣고 보니 시노카와 씨는 아직 재킷을 입고 있었다. 나는 일찌감치 벗어서 바닥에 던져 놓았다. 딱히 비싼 옷은 아니라 먼지가 조금 묻어도 나중에 털면 된다.

"난 괜찮아."

"저도 괜찮아요. 그보다, 좀 여쭙고 싶은 게 있는데요."

시노카와 씨의 말투가 아까보다 유창해졌다.

슬슬 변신 시간인 모양이다.

"아버님께서 저희 가게를 지정하신 거죠?"

"네, 맞아요."

아키호는 딱히 의아해하는 기색 없이 대답했다.

"책 처분 방법에 대해 제 앞으로 메모를 남기셨어요. 솔직히 말씀드리면 좀 놀랐어요. 지난달에 비블리아 고서당 얘기를 했을 때는 가본 적 없는 곳이라고 하셨거든요."

"어쩌다 우리 가게 얘기가 나온 건데?"

내 물음에 아키호는 살짝 난감한 표정으로 눈가를 긁적였다.

"음, 그게……."

얼버무리면서 힐끗 내 얼굴을 쳐다본다. 대체 뭐지?

아키호는 시노카와 씨를 보며 말을 이었다.

"한 달 전쯤에 오랜만에 집에 왔어요. 원래 집에 오래 있지 않아서, 근처에 온 김에 들른 거였죠. 그때 응접실에서 아버지와 잠깐 이야기를 나누다 갑자기 '옛날에 널 바래다준 그 덩치 큰 녀석은 지금 뭐하고 사냐'고 물으시더라고요."

아키호는 아버지의 말투를 따라 말했다. 억양으로 보아 간사이 출신인 것 같다.

"어머, 아버님 고향이 간사이세요?"

시노카와 씨는 눈을 휘둥그레 뜨고 물었다.

그게 중요한 일인가?

아키호도 당혹스러운 표정으로 고개를 끄덕였다.

"네. 오사카가 고향이신데, 젊었을 적에 이쪽으로 오셨다고 들었어요."

"거기서 왜 내 얘기가 나왔는데?"

내가 궁금한 건 바로 그 점이었다. 4년 전에 딱 한 번 봤을 뿐인 나를 기억하고 있었다니.

"나도 잘 모르겠어. 딸에게 사귀는 사람이 있는지 궁금하셨던 게 아닐까. 옛날에 헤어졌다고 하니까 표정이 좋지 않으셨거든."

아키호는 태연한 얼굴로 우리의 과거를 폭로했다.

시노카와 씨에게 이미 이야기했으니 상관없지만…… 아니, 어설프게 감추기보다는 차라리 대놓고 말하는 게 나을지도 모른다.

"그래서 나도 내가 아는 대로 이야기했지. 지금 기타가마쿠라의 고서점 사장님과 사귀는데, 입원한 여자친구를 대신해 혼자 가게를 꾸리고 있다고."

"잠깐. 대체 이야기가 어떻게 와전된 거야?"

나는 황급히 아키호의 말을 잘랐다.

시노카와 씨는 망연한 표정을 짓고 있었다.

나는 그녀와 사귀는 것도 아니고, 그냥 가게를 봐줄 뿐이다. 무엇보다 시노카와 씨는 지난달에 이미 퇴원했다.

"사와모토가 그렇다기에 그런 줄 알았지. 갖가지 소문을 꿰어 맞추면 그런 결론이 나온다나."

쯧, 혀를 찼다. 소문을 꿰어 맞추기 전에 나한테 직접 물어보면 됐을 일을.

"정말 죄송합니다."

나는 시노카와 씨에게 사과했다. 그제야 제정신을 찾은 모양이었다.

"아, 아니에요. 저야말로 죄송합니다."

도리어 나에게 고개를 숙인다. 시노카와 씨가 미안할 일은 없는데.

"아버님 이야기 말인데요."

시노카와 씨는 다시 화제를 바꿨다. 아직 궁금한 게 있는 모양이었다.

"저희 가게에 대해 뭐라고 말씀하시던가요?"

아키호는 잠시 생각에 잠긴 듯한 표정을 짓더니 고개를 저었다.

"별다른 말은 없었는데요. 혼자 가게를 경영하려면 힘들겠다는 정도? 아무튼 그 얘기를 계기로 아버지가 잔소리를 시작하셔서 말다툼을 벌였어요."

"말다툼이요?"

"늘 있는 일이에요. 아버지는 제가 힘들게 일하기를 원치 않으셨어요. 번듯한 상대와 결혼해서 가정을 꾸리라는 말씀을 입버릇처럼 하셨죠."

요즘 세상에 그런 말을…… 아니, 나이를 생각하면 그런 사고방식이 당연한 세대이리라.

"정작 당신은 그러지 않으셨으면서 말이에요. 아무튼 항상 마지막에는 제가 일을 그만둘 생각은 없고, 좋아하는 일을 하면서 살겠다고 말하고 자리를 뜨거든요. 그날도 그랬어요."

얇은 입술에 쓴웃음이 번졌다. 그녀가 느닷없이 독립하게 된 건 아마 아버지와의 갈등 때문이리라. 거의 인연을 끊은 상태였을지도 모른다.

"젊었을 적에 아버지도 갖은 고생을 했다고 들었기 때문에 나한테 이것저것 잔소리를 하는 심정은 이해가 갔지만, 당신 경험 이야기만 나오면 한없이 길어졌거든요."

"아버님은 계속 외식 산업 쪽에서 일하셨나요?"

시노카와 씨가 물었다. 그러고 보니 레스토랑 체인을 경영한다고 들은 적 있다.

"아뇨, 이곳에 오시기 전까지는 여러 직업을 전전했다고 들었어요. 고무 공장에서 장화를 만들기도 하고, 자격증 공부를 하면서 갤러리에서 사무를 봤다고도 들었고, 카바레에서 샹송 가수의 피아노 반주까지 했대요."

의외로 다재다능한 인물이었던 모양이다.

나는 시노카와 씨를 힐끗 보았다.

뭔가 생각이 있어서 한 질문이리라. 하지만 뭔가 석연치 않은 표정을 짓고 있는 게 마음에 걸렸다.

"고맙습니다. 개인적인 이야기를 여쭤서 죄송합니다."

"별말씀을요. 신경 쓰지 마세요. 어차피 저한테 아버지 이야기를 물어보는 사람은 없거든요."

순간이었지만 아키호의 목소리가 촉촉해졌다.

그녀는 감상을 떨쳐버리듯 허리에 손을 올리고 서재를 한 바퀴 둘러보았다.

"제가 도울 일은 없을까요? 지금 딱히 할 일도 없는데."

"괜찮아요. 메모지 가져다주셔서 감사합니다."

웃는 얼굴로 밖으로 나가는 아키호를 나는 말없이 지켜보았다.

옛날에 가족에 대해 물어봤었다면 지금처럼 이야기해주었을까. 만일 우리가 지금도 사귀는 사이였다면 아버지와의 추억에 대해 말해주었을까.

후, 하고 한숨 소리가 들렸다. 하지만 내 입에서 난 소리는 아니었다.

"왜 그러세요?"

시노카와 씨가 인상을 찌푸리며 생각에 잠겨 있었다.

"중요한 뭔가를 잊고 있는 것 같아서요."

그녀는 턱에 손가락을 댔다.

"뭔가 생각이 날 듯하면서…… 나지 않아요."

5

그런 '중요한 뭔가'를 잊고 있는 상태에서도 시노카와 씨는 재빨리 일을 마쳤다.

방을 가득 채운 고서들을 단숨에 분류한 다음, 값어치가 있는 책에는 숫자가 적힌 견출지를 붙였다. 매입하지 않을 책들은 상자에 넣었다.

종이에 메모를 하며 매입 대금 계산을 끝낼 때까지 채 한 시간도 걸리지 않았다.

그만하면 빠른 편이라고 생각했는데 본인은 뭔가 아쉬운 모양이었다.

"생각보다 애를 먹었네요."

원래 출장 매입은 한 번에 여러 집을 찾는 경우가 많아서 속도와 정확성이 모두 요구되는 작업이라고 한다.

시노카와 씨는 아키호를 불러다 매입 금액이 적힌 종이를 내밀었다.

비록 상태는 나빠도 희귀본이 몇 권 있었기 때문에 내 생각에는 상당한 금액이었다. 만일 그 '수십만 엔' 짜리 책이 있었다면 더 많이 나왔을지도 모르지만.

"생각보다 금액이 크네요. 부탁드립니다."

이것으로 거래가 성립됐다.

시노카와 씨는 어떤 책이 얼마나 나가는지를 간략하게 설명했다. 유창하지는 않았지만 여러 번 해서 익숙한 듯 알아듣기 쉬운 설명이었다. 아키호도 고개를 끄덕이며 끝까지 들었다.

"매입하지 않는 책들은 어쩌지?"

대금을 받으며 아키호는 난감한 표정으로 말했다.

매입하지 않는 책들은 커다란 상자를 꽉 채우는 분량이었다. '일본의 호황은 21세기까지 계속된다'라는 띠지가 달린 낡은 경제경영서가 위에 쌓여 있었다. 요즘 시대에는 전혀 도움이 안 될 것 같다.

"아버님께서 어떻게 하라고 말씀하셨나요?"

"매입하지 않는 책들이라도 이 집에 두지 말라고 하셨어요. 제가 가지고 가는 수밖에 없겠네요. 재활용 쓰레기 내놓는 날은 내일이니까. 차 가지고 왔으니까 상관없지만."

"오늘은 여기서 자고 내일 아침에 내놓으면 되잖아."

"웬만한 일이 없으면 여기서 자지는 않으려고. 미쓰요 언니보다 마주치기 싫은 사람도 있고, 내일 할 일도 있거든."

"내일 아침에 내놔달라고 부탁하면 안 돼?"

"좀 그래."

아키호는 고개를 저으며 말했다.

"아버지가 뭔가를 시키면 끝까지 그 사람이 책임지고 일을 끝내야 하거든. 그게 이 집 규칙이야."

"그렇군."

결국 규칙이라서가 아니라 아키호 자신이 그러고 싶은 게 아닐까. 아버지가 맡긴 마지막 일이니까.

"큰 중고서점에 가져가보시면 어떨까요?"

시노카와 씨가 말했다.

"가게마다 기준이 다르니까 저희 가게에서 매입하지 않는 책이라도 다른 곳에서는 매입할지도 몰라요. 매입은 못 하더라도 원하면 인수해주기도 하고요."

침묵이 흘렀다.

어느샌가 피아노 소리가 멎어 있었다.

미쓰요 씨도 지친 것인지 모른다. 그래도 이 방에 나타날 기색은 없었다.

"그렇군요. 그럼 가져가볼게요."

나와 시노카와 씨는 단행본을 수십 권씩 비닐 끈으로 묶었다. 책등의 위치도 나란히 한쪽으로 맞췄다.

고서점에서 일하고 나서 안 사실인데, 고서를 운반할 때에는 상자에 넣는 게 아니라 대부분 끈으로 묶는다고 한다. 상자에 넣으면 무슨 책인지 확인하기 위해 일일이 열어봐야 하기 때문이리라. 끈으로 묶어놓으면 책등을 보고 제목을 알 수 있다.

열십자로 묶는 건 대형 서적뿐이고, 일반 단행본 사이즈는 모두 한 줄로 묶는다. 잘 묶으려면 요령이 필요하다. 너무 느슨하게 묶으면 금방 풀어지고, 너무 꽉 묶으면 위아래 책에 끈 자국이 남는다.

"거기 있는 책은 비싼 책들이니까 끈이 닿는 곳에 종이를 대 주세요."

시노카와 씨가 지시했다.

작업을 계속하면서도 아직 다른 생각에 잠긴 것 같았다. 책에 관한 수수께끼라면 그 즉시 풀어버리는 평소 모습과는 사뭇 달랐다.

적당한 종이를 찾다 보니 광고지를 잘라 만든 메모지 다발이 눈에 들어왔다. 몇 장을 빼서 조심스레 책을 묶고 있는데 아키호가 서재로 돌아왔다.

아키호는 황록색 코트를 걸치고 니트 모자를 쓰고 있었다. 미쓰요 씨에게 받은 대금을 주고 돌아갈 채비를 마친 것 같았다.

"실례지만 저 먼저 나가볼게요."

"아, 네."

나무 발판에 앉아 있던 시노카와 씨가 일어나 고개를 숙였다. 나도 그녀를 따라 인사했다.

"소중한 책을 양도해주셔서 감사합니다."

"별 말씀을요, 저희야말로 감사하죠. 그럼 매입하지 않는 책은 제가 가져갈게요."

아키호는 시원시원한 목소리로 말하더니 커다란 상자에 손을 댔다. 큰 중고서점에 가져갈 모양이었다.

"어디로 가게?"

"데비로 쪽에 하나 있는 걸 봤어."

그러고 보니 데비로 사거리 옆에 전국에 수많은 지점이 있는 대형 중고서점 간판을 본 기억이 났다.

"내가 들까?"

"괜찮아. 힘쓰는 일은 신물 나게 했거든."

아키호는 가볍게 상자를 들었다.

"그럼 난 갈게. 나중에 사와모토하고 만날 때 나도 불러."

"그래."

갑자기 답답한 기분이 들면서 가슴 한구석이 욱신거렸다.

뭔가 해야 할 말이 있었다. 하지만 그게 어떤 말일지라도 아키호가 원하는 말은 아닐 거라는 생각도 들었다.

"조심해서 가."

"고마워. 그럼 가볼게요."

"저기, 고사카 씨."

시노카와 씨가 아키호를 불러 세웠다.

문 밖에 있던 아키호가 상자를 든 채 돌아봤다.

"아버님이 가장 좋아하시던 작가가 시바 료타로인가요?"

"네."

아키호는 미소 지으며 대답했다.

"사업 번창을 기원하는 부적 같은 거라고 하셨어요. 뭔가 일이 잘 안 풀릴 때면 항상 시바 료타로의 작품을 읽는다고 들었어요. 역시 전문가는 모르는 게 없네요."

그렇게 말하더니 아키호는 경쾌한 걸음으로 떠났다.

나는 서재 문을 닫고 '전문가'를 보며 물었다.

"어떻게 안 겁니까?"

시노카와 씨는 발판에 다시 앉아 책 더미에서 두 권을 꺼내 나에게 내밀었다.

『돼지와 장미』, 『길을 가다』. 모두 시바 료타로의 작품이다.

"유독 시바 료타로의 작품만은 현대물이나 에세이도 수집하신 모양이에요. 그래서 특별한 작가였을지도 모른다는 생각이 들어서요."

그 두 권을 제자리에 돌려놓고 다시 책을 뒤지기 시작

했다.

지금 질문도 왜 우리 가게에 매입 의뢰를 했는지에 대한 수수께끼와 관련이 있을까?

일을 다시 시작하려고 허리를 굽혔을 때였다.

"고향이 같아서일지도 몰라요."

느닷없이 시노카와 씨가 중얼거렸다.

"네? 무슨 말입니까?"

"고사카 씨의 아버님과 시바 료타로요. 그런 이유로 작가에게 친근감을 느끼는 사람도 많거든요."

아직도 그 이야기였나. 나는 끈을 든 채 동작을 멈췄다.

"시바 료타로가 오사카 출신인가요?"

"네. 데뷔 당시에는 산케이신문 오사카 본사에서 문화부 차장으로 있었어요. 1956년, 겨우 이틀 밤 만에 써내려간 『페르시아의 환술사』로 소설상에 입선하는데……."

막 이야기가 재미있어지려는 참이었는데, 시노카와 씨는 갑자기 입을 다물었다.

기억을 되짚고 있는 걸까. 손으로 관자놀이를 누르는 모습이었다.

"……역시 뭔가 빠뜨린 점이 있는 것 같아요. 죄송하지만 나머지 이야기는 나중에 해도 될까요?"

"아, 그럼요."

지금은 일하는 중이다. 책 이야기를 하는 시간이 아니다.

우리는 작업을 계속했다. 도중에 시노카와 씨가 책을 묶으면 내가 차에다 싣는 것으로 역할을 분담했다. 얼마간 주차장과 서재를 왕복하니 책 더미가 조금씩 사라졌다.

20분쯤 지났을까. 작은 변화가 일어났다.

《야마다 후타로 인법忍法 전집》이 든 책 묶음을 드는 순간, 바닥 위로 작은 종이조각이 떨어졌다.

아까 아키호가 가져온 메모지 중 하나였다. 바닥에 떨어지면서 뒷면이 보였다.

힘없는 필체의 글자가 눈에 들어왔다.

蔦葛木曽桟 완전판을 찾고 있습니다.

나는 숨을 삼켰다.

낯익은 문구였다.

지난달, 비블리아 고서당으로 온 재고 문의 팩스다. 구니에다 시로의 『쓰타카즈라키소노카케하시』에 관한 문의.

"이것 좀 보세요."

나는 팩스 용지 일부를 시노카와 씨에게 건넸다. 그녀 역시 단번에 그 종이가 무엇을 뜻하는지 알아챈 것 같았다.

"그 책을 찾으셨던 손님도 간사이 쪽 말씨였다고 하셨

죠?"

나는 고개를 끄덕였다.

틀림없다. 그때 팩스를 보낸 사람은 아키호의 아버지였던 것이다.

아키호에게 비블리아 고서당의 이야기를 듣고 가게 번호를 알아내 전화한 것이리라. 그리고 팩스 원본을 메모지로 재활용한 것이다.

"그런 거라면 뭔가 이상한데요. 왜 우리 가게에 매입 의뢰를 했을까요?"

그때 전화를 받은 내가 책의 제목조차 읽지 못하자 아키호의 아버지는 책에 대해 잘 모르냐면서 코웃음 쳤다. 어째서 그런 생 초짜가 있는 가게에 소중한 책들을 맡기려 한 걸까?

"그것도 이상하지만……."

시노카와 씨는 이미 묶어놓은 책무더기를 가리켰다.

"전기소설도 꽤 많이 소장하셨던 것 같아요."

그 책들 사이에는 구니에다 시로의 책도 여러 권 보였다. 상자에 부옇게 먼지가 앉은 걸 보면 꽤 오래 전에 산 책인 모양이었다.

「야쓰가타케 산의 마신」, 「신슈 코케쓰 성」. 참고로 이 제목은 무슨 뜻인지 모르겠다.

그 옆에 『쓰타카즈라키소노카케하시 완전판』. 비블리아 고서당에 있는 재고와 똑같은 책이었다.

"어?"

머릿속이 혼돈의 소용돌이로 물들었다.

이미 갖고 있잖아?

갖고 있는 책을 왜 찾아달라고 문의한 거지? 도대체 무엇 때문에?

"이런!"

시노카와 씨가 주변에 울려 퍼질 만큼 커다란 소리로 외쳤다.

"왜, 왜요?"

"고사카 씨의 휴대전화 번호 아시죠? 지금 당장 연락해주세요!"

그녀는 발판을 박차고 일어나 불편한 다리를 절뚝이며 나에게 다가왔다.

이렇게까지 당황하다니 예삿일이 아니다.

"아키호한테요?"

주머니에서 휴대전화를 꺼내려다 깨달았다.

"휴대전화 번호 안 물어봤는데……."

술자리에서 아키호가 알려준 건 자택 전화번호뿐이었다. 그녀의 휴대전화 번호는 먼 옛날에 지워버렸다.

"무슨 일 있나요?"

활짝 열린 문 너머로 미쓰요 씨가 들어왔다.

"대체 무슨 일이길래 큰 소리를 내셨죠? 깜짝 놀랐어요."

솔직히 깜짝 놀랄 정도는 아니었는데.

본인 말대로 원래 귀가 밝은 듯하다.

"아키호 씨의 휴대전화 번호 아세요?"

시노카와 씨는 다른 사람처럼 또렷한 목소리로 물었다.

미쓰요 씨는 의아한 표정으로 눈을 가늘게 떴다.

"글쎄요. 지금 사는 집 번호는 알지만."

"그러세요……."

이다음에 어떻게 할 것인지 시노카와 씨는 순식간에 결단을 내렸다.

"죄송하지만 그만 가봐야 할 것 같습니다. 나머지 책은 나중에 가지러 올 테니 이대로 두시면 됩니다. 고우라 씨, 가요."

어딜 가느냐고 묻기도 전에 시노카와 씨는 지팡이를 들고 밖으로 나갔다. 나는 미쓰요 씨에게 꾸벅 인사를 하고 황급히 그 뒤를 따랐다.

"데비로의 중고서점으로 가요."

시노카와 씨는 걸음을 옮기며 그렇게 말했다.

"고사카 씨가 책을 처분하기 전에 막아야 해요."

6

"더 빨리 알아채야 했어요."

봉고차에 올라타 고사카 가에서 출발하자마자 시노카와 씨는 못내 아쉽다는 듯 말했다.

"지난달에 온 그 문의는 테스트였어요."

"테스트요?"

"비블리아 고서당 직원이 고서에 대해 얼마나 잘 아는지 시험해본 거예요. 그 결과 우리한테 매입 의뢰를 한 거고요."

"네? 전 책에 대해 문외한인데요."

"네. 고사카 씨의 아버님이 찾던 건 경력이 얼마 없는 고서점 직원이었어요. 고우라 씨가 혼자 매입하러 오도록 처음부터 계획한 거였죠. 매입 시기를 장례식 직후로 지정한 것도 제가 가게에 복귀하기 전에 일을 끝내고 싶었기 때문일 거예요."

그러고 보니 전화를 건 사람은 분명히 가게에 혼자 있느냐고 물었다.

아키호는 시노카와 씨가 다시 가게에 나온다는 사실을 모른 채 사와모토의 두루뭉술한 정보를 곧이곧대로 아버지에게 말한 것이다. 그때의 질문은 현재 내가 혼자서 비블리아 고서당을 꾸려나가고 있는지 확인하기 위한 것이었는지도 모른다.

"하지만 왜 그런 일을……."

"고사카 씨에게 했던 당부를 떠올려보세요. '감정은 그 자리에서 즉시 해라, 매입 가능한 책은 팔고, 매입하지 않는 책은 두고 가라고 해라. 하지만 그런 책도 이 집에 두지 마라.' 그 말을 하나도 어기지 않으면 어떻게 될까요?"

나는 운전대를 잡은 채 생각했다.

우리가 탄 봉고차는 하세의 낮은 언덕을 올라 단풍으로 물든 터널을 빠져나가는 참이었다.

"……매입하지 않는 책은 아키호가 가져가겠죠."

그녀는 책이 한가득 담긴 박스를 집으로 가져가야겠다고 말했다. 시노카와 씨가 다른 중고서점을 찾아가보라는 조언을 하지 않았다면 그대로 가져갔을 것이다.

"경험이 얼마 없는 직원의 감정은 필연적으로 정확하지 못하기 마련이에요. 가격을 매기기 어려운 책을 못 보고 지나칠 가능성이 크죠. 고사카 씨의 아버님은 특정한 책을 딸이 가지도록 꾸민 거예요."

한마디로 정리하면, 번거롭기 짝이 없는 방법으로 딸에게 선물을 줄 셈이었다는 얘기다.

"아까 얘기가 나왔던 그 수십만 엔짜리 책일까요?"

"아마도요. 수십만 엔까지는 아니더라도 상태가 좋으면 10만 엔은 넘을 거예요."

"왜 그런 번거로운 방법을 동원한 걸까요? 그냥 주면 될 것을. 그러고 보니 지난달에 만났다고 했잖아요."

"다른 분이 대화를 엿들을 가능성이 있었잖아요. 혹시라도 고사카 씨가 아버님께 값비싼 책을 받았다는 사실을 다른 친척들이 알게 되면……."

"아."

나는 미쓰요 씨를 떠올렸다. 자기 입으로 '귀가 밝다'고 했던 배다른 언니.

아키호는 친척들과 사이가 좋지 않았다. 이건 돈이 얽힌 문제다. 이 경우 나중에 한소리 듣는 건 아키호다.

"다른 이유도 있을지 모르지만, 어쨌든 저도 깜빡하고 그냥 넘겼네요. 별로 가치가 없는 책들 틈에 섞여 있었으니까요. 뭔가 마음에 걸리긴 해도 미처 알아차리지 못했어요. ……저도 한참 멀었네요."

시노카와 씨는 입술을 꼭 깨물었다. 그런 분한 표정을 보는 건 처음이었다.

이런 면도 있는 사람이구나.

우리가 탄 봉고차는 모노레일 고가도로를 지났다.

목적지가 코앞이었다. 그러나 아키호가 이미 책을 팔았다면 도로아미타불이다. 그 전에 도착할지 어쩔지는 하늘에 달렸다.

"알아보지 못하도록 일부러 숨겨놓은 걸 찾아내기란 어렵지 않을까요?"

나는 운전대를 잡은 채 말했다.

돌아가신 할머니가 떠올랐다. 우리 할머니, 고우라 기누코는 남에게 결코 말할 수 없는 비밀을 소세키 전집 속에 감췄다.

"시노카와 씨 잘못이라기보다는…… 애초에 누가 일부러 숨긴 비밀을 그리 쉽게 알 수 있는 게 아니잖아요."

차내에 침묵이 흘렀다.

나를 보는 강한 눈빛을 느끼고 슬쩍 눈을 돌려 조수석을 보았다.

시노카와 씨는 커다랗게 뜬 촉촉한 눈동자로 나를 뚫어져라 바라보고 있었다.

지금 내가 한 말에 뭔가 느낀 바가 있는 모양이었다. 딱히 이상한 말을 하지는 않았는데.

시선이 신경 쓰여서 영 마음이 편치 않았다. 아니, 쑥스러워서 견딜 수가 없었다.

나는 어흠, 하고 헛기침을 했다.

"그래서 결국 무슨 책을 숨겨둔 겁니까?"

저 멀리 중고서점 간판이 나타난 걸 보고 나는 속도를 줄였다.

"실은……."

시노카와 씨가 말문을 연 순간, 나는 무심코 중고서점 근처 편의점 건물을 돌아봤다.

낯익은 황록색 코트를 입은 여자가 문을 열고 나오고 있었다. 음료수를 산 모양인지, 걸어가면서 플라스틱 병의 뚜껑을 따고 있었다.

다행히도 반대편 차선의 차량과도, 뒤따라오는 차량과도 거리가 벌어져 있었다. 서둘러 깜빡이를 켜고 편의점 주차장으로 빠졌다. 시동을 끄자마자 차 밖으로 뛰어나갔다.

아키호는 중고 티가 나는 빨간 경차에 타려던 참이었다.

"아키호!"

큰 소리로 이름을 부르자 그녀는 눈을 휘둥그레 떴다.

"다이스케…… 사장님까지. 어쩐 일이야?"

"저기 있는 중고서점에 다녀온 거야?"

"어? 응. 방금 나오는 길이야. 이제 도쿄로 돌아가려고."

서둘러 뒤쫓아 왔다고 생각했는데 한발 늦은 모양이다. 진이 빠진 나는 차체에 몸을 기댔다.

5분만 일찍 올걸.

"음?"

창문 너머로 조수석이 보였다. 반쯤 열린 커다란 박스가 있었다.

박스 안에 빽빽하게 낡은 책이 들어차 있다.

"아직 안 팔았어?"

"아, 그거?"

아키호는 어깨를 으쓱했다.

"일단 가지고는 들어갔는데 갑자기 마음이 바뀌었어. 그래도 아버지의 유품이잖아. 한동안 집에 둘까 해서."

나는 가슴을 쓸어내렸다.

어쩌면 아키호의 아버지는 딸이 이렇게 행동할 줄 미리 예상했을지도 모른다. 자신이 맡은 아버지의 책을 쉽게 처분하지 않으리라는 것을.

"죄송하지만 상자 속에 든 책을 한 번 더 봐도 될까요?"

봉고차에서 내린 시노카와 씨가 말했다.

"그러세요. 무슨 문제라도 있나요?"

아키호는 의아한 표정으로 물었다.

시노카와 씨는 주차장 바닥에 상자를 내려놓고 조수석에 앉아 책들을 살펴봤다.

나는 아키호에게 사정을 설명했다. 이 상자 어딘가에 아버지가 너에게 주려고 했던 귀중한 고서가 들어 있다는 사실과, 중고서점에 파는 걸 막으려고 여기까지 쫓아왔다는 이야기를.

"아버지가 나한테 그런 비싼 책을 물려주려고 했다고? 상상이 안 가는데."

아키호는 반신반의한 얼굴이었다.

"지난달에 만났을 때도 아무 말 없었고. 그게 사실이라면 넌지시 언질이라도 주지 않았을까?"

그건 나 역시 의아하게 여긴 점이었다. 자신의 의중을 알리고자 했다면 방법은 얼마든지 있지 않았을까. 본인의 성격상 그러지 못한 이유가 있었을지도 모른다.

"자기 속내를 여간해서는 드러내지 않는 사람도 있으니까."

아키호의 표정이 어두워졌다.

"네가 보기에는 나도 그렇겠지?"

"그런 뜻으로 한 말이 아닌데…… 미안."

"네가 미안할 게 뭐가 있어."

"……찾았어요."

시노카와 씨의 말에 우리는 상자 쪽으로 다가갔다.

그녀가 내민 건 얇은 신서판 책이었다.

주인이 소중히 보관한 것 같았지만 세월의 흔적이 느껴졌다. 오렌지색과 검은색이 섞인 표지는 빛이 바랬고, 네 귀퉁이도 닳아 있었다.

제목은 『명언수필 샐러리맨』. 부제로 '재미있는 새 논어'라고 달려 있었다.

저자는 후쿠다 데이치. 처음 듣는 이름이다.

"정말 이 책 맞아요?"

맥이 빠졌다. 표지로 봐서는 직장인 대상의 싸구려 읽을거리 같은 느낌이다. 이게 그렇게 귀중한 고서라고?

"네, 틀림없어요. 아버님은 이 책을 고사카 씨에게 물려주신 거예요."

시노카와 씨는 딱 잘라 말했다.

손을 내밀지 않는 아키호 내신 내가 받아 대충 훑어보았다.

'명언수필'이라는 제목대로 동서고금의 명언을 주제로 한 짧은 에세이 여러 편이 실린 책이었다. 문제의 '명언'은 도쿠가와 이에야스가 임종할 때 남긴 훈계부터 시작해 괴테의 저서에서 인용한 글, 어느 정치가의 말까지 다양했다. 통일성이 느껴지지 않았다.

첫머리에 실린 서문 중에 이런 문장이 눈에 들어왔다.

이 책은 당초 '샐러리맨 논어'라는 부제가 달릴 예정이었다. 하지만 공자님에 대항하여 시대에 걸맞는 새로운 논어를 만들어보겠다는 주제넘은 배포는 없다. 공자님이 하늘에 뜬 별이라면 필자는 땅을 기어 다니는 지렁이처럼 보잘것없는 월급쟁이다.

이렇게 책까지 썼으니 자신을 지렁이에 비유한 건 다소 지나치다는 생각이 들었지만, 여하튼 지은이는 평범한 월급쟁이인 모양이었다.

"이 책이 왜 희귀본입니까?"

전체적으로 훑어봤지만 도무지 이유를 알 수 없었다.

"후쿠다 데이치는 시바 료타로의 본명이에요."

"네?"

저도 모르게 큰 소리로 되물은 우리를 보며 시노카와 씨는 이야기를 계속했다.

"소설가로서 데뷔하기 1년 전인 1955년에 출간된 책이에요. 이 무렵 시바 료타로는 신문사에서 근무했으니 소개한 대로 월급쟁이였죠. 『돼지와 장미』 등 몇몇 책들과 마찬가지로 전집에 실리지 않은 작품이에요."

설명을 듣자마자 이 얄팍한 책이 전혀 다른 물건으로 보였다.

자신을 '보잘것없는 월급쟁이'로 칭했던 이가 죽고 나서도 수많은 사람들에게 널리 읽히는 대작가가 되다니.

작가 본인 역시 상상조차 하지 못한 미래였으리라.

"아마 작가로서 만족스러운 작품은 아니었을 거예요. 그래도 이 책은 널리 읽혔어요. 출간된 직후에 바로 중쇄에 들어갔고, 제목을 바꿔서 두 번이나 다시 출간되었을 정도예요."

고서에 관한 지식이 시노카와 씨의 입에서 술술 나왔다. 평소의 기운을 되찾은 모양이다.

"시바 료타로는 작품 안에서 자기 이야기를 많이 하지 않는 작가였어요. 하지만 이 책에는 본인이 20대에 겪은 일들을 수필 형식으로 이야기하고 있어요. 태평양전쟁 직후 고향으로 돌아온 청년 시절 후쿠다 데이치는 여러 신문사를 전전하면서 갖가지 고생을 한 모양이에요. 당시 독자들도 그런 고생담에 공감한 게 아닐까요? 고사카 씨 아버님도 그런 독자 중 한 분이셨겠지요."

아키호는 『명언수필 샐러리맨』을 들고 표지를 자세히 들여다봤다.

"아버지가 이 책을 소중히 읽는 모습을 본 것 같아요."

조금씩 기억을 되짚듯, 아키호는 아련한 눈빛으로 중얼거렸다.

"옛날에 여기 집에 맡겨졌을 때…… 아버지에게 말을 붙이기가 너무 어려웠어요. 아버지도 책을 읽다 이따금 고개를 들어 날 봤지만, 역시 말을 걸지는 않았고요. 대체 왜 이 책을 나한테……."

시노카와 씨는 손을 뻗어 책 표지를 넘겼다. 면지에는 독특한 필체로 사인이 되어 있었다.

후쿠다 데이치

"사인본이었군요."

나는 중얼거렸다.

책 자체만으로도 값어치가 있는데 사인까지 들어 있다. 2, 30만 엔이라고 했지만 더욱 비싸게 팔 수 있을지도 모른다.

"이게 진짜인지 아닌지 저도 잘 모르겠어요. 시바 료타로가 본명으로 사인한 건 처음 봤고요. 이 사인이 진짜라는 가정 하의 이야기지만, 작가로 데뷔하고 난 뒤의 사인이라면 필명이 적혀 있지 않은 게 마음에 걸려요. 아마 필명을 쓰지 않았던 시절, 혹은 무명 시절의 저자에게 사인을 부탁한 게 아닐까 싶네요."

나는 잠시 생각에 잠겼다.

"그럼 데뷔하기 전의 시바 료타로와 아는 사이였다는 겁니까?"

"제 생각에는 그런 것 같아요. 아버님께서 한때 갤러리에서 사무를 보셨다고 했죠?"

시노카와 씨의 물음에 아키호는 말없이 고개를 끄덕였다.

"시바 료타로…… 후쿠다 데이치는 산케이신문 문화부 기자였어요. 미술계 동향에 대한 기사를 쓰려면 당연히 미술관이나 갤러리에 드나들었겠죠. 알고 지내는 사이였을 수도 있어요."

정신이 멍해졌다.

상상도 하지 못한 곳에서 이야기가 엮일 줄이야.

시노카와 씨는 아키호의 손에 『명언수필 샐러리맨』을 꼭 쥐여 주었다.

"아버님이 시바 료타로의 책을 '부적'이라고 말씀하셨다고 하셨죠? 일개 회사원에서 대작가가 된 고향 사람의 저서는 일로 지친 아버님에게 말 그대로 부적 같은 존재였을 거예요. 자신의 딸이 이 책을 부적으로 삼았으면 하는 바람이셨을 거예요."

"……제가 일하는 걸 계속 반대하셨는데."

아키호의 목소리가 가늘게 떨렸다.

"그렇기에 더욱더 부적이 필요하다고 생각하신 게 아닐까요."

시노카와 씨는 반으로 접은 종이를 아키호에게 건넸다.

"상자 안에 떨어져 있었어요. 그 책 사이에 끼워져 있었을 거예요."

그건 작은 편지였다. 책을 든 채 아키호는 천천히 편지를 펼쳤다.

아키호에게

아비가

이름만 적혀 있고 내용은 없는 편지였다.

"이게 답니까?"

내가 작은 소리로 묻자 시노카와 씨는 고개를 끄덕였다.

우리 가게에 팩스를 보냈을 때보다 더 힘없는, 배배 꼬인 실 같은 필적이었다. 본문을 쓸 만한 기력이 없었을까.

아키호는 정성들여 편지지를 접어 책 사이에 끼웠다.

"아버지하고는 내내 사이가 좋지 않았어요."

그녀는 아련한 눈으로 구름 한 점 없는 가을 하늘을 올려다보았다.

"오만하고, 엄하고, 가까이 다가가기 어렵고……. 얼굴을 봐도 어떻게 대해야 할지 알 수 없었어요. 매번 같은 이야기를 하다 언성만 높였죠. 분명 아버지도 절 어떻게 대할지 모르셨나 봐요. 우리는 닮은꼴이에요."

아키호는 시노카와 씨를 보고 희미한 미소를 지으며 물었다.

"책을 물려주는 일에 아버지가 이렇게까지 공을 들인 진짜 이유를 아세요?"

"……아뇨."

잠시 생각하고 나서 시노카와 씨는 고개를 저었다.

"저에게 무슨 말을 하며 이 책을 줘야 할지 몰라서…… 당신 생각을 말로 표현하는 게 서툴러서…… 이 편지처럼……."

아키호의 눈에서 투명한 눈물이 솟아오르더니 뺨을 타고 흘러내렸다.

그녀가 우는 모습을 본 건 처음이었다.

7

시노카와 씨는 꼿꼿이 허리를 펴고 조수석에 앉아 있었다.

우리 쪽을 보지 않는 건 그녀 나름의 배려이리라.

"좋은 사람이네. 마냥 귀엽기만 한 것도 아니고."

아키호가 말했다.

편의점 주차장에는 나와 그녀, 단둘뿐이었다. 잠깐 둘이서 이야기하고 싶다는 말에 시노카와 씨를 먼저 차로 돌려보냈다.

"책을 매입하러 왔으면서도 이 책을 팔라는 말은 한마디도 안 했어. 이거 무척 희귀한 책이라면서."

아키호의 손에는 아버지가 물려준 『명언수필 샐러리맨』이 들려 있었다.

나는 머리를 긁적였다. 시노카와 씨를 단순히 '좋은 사람' 이라는 말로 표현할 수 있을지 알 수 없었다.

"저래 봬도 사연이 많은 사람이야."

"다이스케 넌 옛날부터 그런 여자들에게 사랑받았잖아."

"무슨 소리야?"

자기 이야기를 하는 건가?

"우리가 둘이서 만나기 시작했을 때 일 기억해? 고등학교 2학년 여름 무렵이었는데."

"어? 어……."

나는 당혹감을 느끼며 고개를 끄덕였다. 갑자기 왜 그 이야기를 꺼내는 거지?

"여름방학 과제를 한다고 도서관에서 만났잖아. 사와모토가 검도부 연습인가 데이트로 못 온다고 해서 너하고 단둘이서."

"역시 몰랐구나. 그거, 내가 꾸민 일이야."

"뭐?"

"일부러 사와모토가 못 오는 날을 골라서 만나자고 했어. 둘이서 만나게 된 건 우연이 아니었어. 사와모토는 어렴풋이 눈치채고 있었을 거야."

아키호는 담담하게 말했다. 어느새 눈물 자국이 보이지 않았다.

"1학년 때부터 계속 널 지켜봤어. 스쳐 지나갈 때 어깨가 부딪치거나, 우연히 옆자리에 앉게 되기만 해도 가슴이 두근거렸어. 언젠가 네가 내 마음을 알아주기를 바랐지. …… 본인은 전혀 알아채지 못했지만."

"그, 그랬구나."

나는 우물거렸다. 아키호의 말대로 전혀 몰랐다.

그렇게 날 좋아해줘서 고맙다고 해야 할까, 아니면 알아채지 못해서 미안하다고 해야 할까. 이 경우에는 뭐라고 해야 하지?

"하지만 그 사건이 일어나고부터는…… 더는 기다릴 수 없다고 생각했어. 적극적으로 행동하지 않으면 나한테는 기회조차 오지 않겠구나, 다른 사람에게 뺏기겠구나 생각했지."

"사건? 무슨 사건인데?"

대부분의 남학생들과 마찬가지로 나 역시 연애와는 인연이 없는 삶을 살아왔다. 아키호 말고 친하게 지낸 여학생조차 없었다.

"고등학교 2학년 여름방학 직전에 교과서를 학교에 두고 와서 일요일인데 일부러 가지러 간 적이 있었잖아. 그날 무슨 일이 있었는지 기억 안 나?"

"아."

나는 그제야 아키호가 무슨 이야기를 하는지 깨달았다.

그날은 비블리아 고서당 앞에서 시노카와 씨를 처음 본 날이었다.

다음 날 학교에서 사와모토에게 그 이야기를 했던 기억이 난다. 그 이야기를 들었던 건가.

"사와모토하고 다른 애들이 잔뜩 흥분해서는 가서 말이라도 붙여보라고 난리였잖아. 넌 결국 용기가 없어서 그러지 못한 모양이지만, 난 그때 기절하는 줄 알았어. 왠지 나쁜 예감이 들었거든. 네가 그 사람하고 잘 될 것 같은 기분이……. 그래서 갖은 애를 썼어. 이상하게 여기지 않을 정도로 접근해서 조금씩 친해진 다음 사귄다는 소문이 돌도록 했지. 전부 내 작전이었어."

"뭐?"

놀라기는 했지만 한편으로는 납득이 갔다.

그래서 우리가 사귄다는 소문이 돌 때 아키호가 그렇게 태연했던 것이다.

"내 바람대로 사귀게 되었지만, 그제야 깨달았어. 난 내 성격이나 부모님, 친척들과의 관계에 대해서 너한테 한 마디도 할 수 없지. 혼자서 품은 사정을 남에게 드러내지 못하는 사람이었던 거야. ……우리 아버지처럼."

아키호는 자조하듯 코웃음을 쳤다.

지난달 가게로 전화를 걸었던 그녀의 아버지도 이런 식으로 웃었다.

"끝까지 제멋대로 널 휘두르다가 헤어졌잖아……. 다신 못 볼 줄 알았다는 말은 사실이었어. 나 자신을 용서할 수 없었어. 이 세상에서 사라지고 싶을 만큼. 그래서 사와모토한테 너하고 사장님이 사귄다는 이야기를 들었을 때 내심 안도했어. 내 잘못으로 멈춰진 시간이 다시 흘러가기 시작한 것 같은 느낌이 들었지."

그때 고개를 든 시노카와 씨와 잠깐 눈이 맞았다. 마음이 급한 건지도 모른다. 아키호를 쫓아오느라 고사카 가에서 산 고서를 그곳에 두고 왔다. 너무 오래 자리를 비울 수도 없었다.

"그러니까 내가 하고 싶은 말은…… 행복해지라고. 나하고 사귀었던 건 잠시 먼 길 돌아간 거라고 생각하면 돼. 네가 정말 좋아하는 사람하고 잘 되기를 빌게. 내가 하고 싶은 말은 그뿐이야. 잘 있어."

말을 마친 아키호는 세워놓은 차 쪽으로 걸어갔다.

그 뒷모습은 타인의 말을 거부하는 것처럼 느껴졌다. 하는 수 없이 나도 봉고차로 돌아갔다.

가슴속에서 연기가 피어오르는 것 같았다.

오래 전에 확실한 형체를 갖출 기회를 잃고 나서 계속 가슴 밑바닥에 남아 있던 감정.

운전석 문을 열다 뒤를 돌아봤다.

어떤 감정이든 그대로 놓아두면 서서히 멀어지다 언젠가는 어딘가로 사라진다. 지금 말로 표현하지 않으면 평생 기회가 없을 거란 생각이 들었다.

"아키호!"

차에 올라타려던 그녀가 고개를 들었다.

"네가 무슨 생각을 하는지 난 잘 몰랐어. 모르는 채 사귀고 있었던 거야."

나는 한마디씩 힘을 주어 말했다.

"하지만 난 널 좋아했어. 정말, 좋아했어."

아키호는 우두커니 그 자리에 서있었다.

무슨 생각을 하고 있을까. 역시 나는 알지 못했다.

이내 그녀는 하얀 이를 보이며 웃었다.

"……또 봐."

아키호는 밝은 목소리로 말했다.

"그래, 또 보자."

우리는 인사를 나누고 제각기 갈 길을 갔다.

인사는 그렇게 해도 아마 당분간 얼굴을 볼 일은 없겠지.

아키호의 차가 주차장을 빠져나갔다. 퍼뜩 정신이 들어 뒤를 돌아보았다.

빠끔 입을 벌리고 있는 시노카와 씨의 얼굴이 보였다. 방금 목욕을 마치고 나온 사람처럼 얼굴 전체가 새빨갰다.

그러고 보니 차 문을 열어둔 채로 아키호에게 좋아했다고 외쳐버렸다.

"죄, 죄송해요. 드, 들으려던 건 아니었는데……."

"아, 아닙니다. 저야말로……. 아키호와는 이미 헤어진 사이지만……."

설명하면 할수록 내 무덤을 파는 짓 같았다.

우리는 불편한 분위기인 채 원래 왔던 길을 따라 고사카가로 되돌아갔다.

거의 대화를 하지 않았기 때문인지 남은 책을 옮기는 작업은 일사천리로 끝났다. 내가 작업을 멈춘 건 복도에서 미쓰요 씨가 불렀을 때뿐이었다.

"어딜 다녀오셨는지는 모르지만 빨리 끝내주세요."
"죄송합니다."

나는 겹겹이 쌓인 책무더기를 든 채 고개를 숙였다. 순간 그녀가 들고 있는 우체국 용 현금 서류봉투가 눈에 들어왔다. 받는 사람 란에 정갈한 글씨로 '고사카 아키호'라고 적혀 있었다.

"오늘 안으로 우체국에 가야 할 일이 있어요. 늦기 전에 끝내주세요."

"아, 네."

어째서 아키호에게 돈을 보내는 걸까? 그것도 오늘 안으로.

외부인인 내가 물어볼 수도 없는 노릇이지만 그래도 신경이 쓰였다.

"이게 뭔지 궁금하신가 보죠?"

너무 빤히 쳐다봤는지, 미쓰요 씨는 내가 볼 수 있도록 봉투를 들어보였다.

"오늘 그쪽이 매입하신 책 대금이에요. 아키호에게 보내려고요. 아까 주려고 했는데 안 받겠다고 고집을 피우더군요. 그냥 받으면 될 걸 왜 이렇게 사람을 번거롭게 하는지."

그녀는 뾰족한 송곳니를 드러내며 쯧, 혀를 찼다.

그 모습 한번 우아하다. 우아하게 혀를 차는 사람이라니,

태어나서 처음 봤다.

"책 대금을 아키호에게 주실 생각이셨습니까?"

"이런 푼돈에 연연할 만큼 저희 형편이 어렵지는 않거든요. 뭐, 다른 가족들은 잔소리를 할지도 모르지만."

미쓰요 씨에 대한 인상이 다소 달라졌다.

아키호와 사이가 나쁜 줄로만 알았는데, 그리 단순하게 생각할 일만도 아닌 것 같다. 그녀의 아버지가 그랬듯, 이 사람도 자기 마음을 말로 표현하지 못하는 성격일지도 모른다.

"고우라 다이스케 씨, 당신도 그 애한테 말해주세요. 혹시라도 이 돈을 돌려주러 올 생각은 하지도 말라고. 또 보내기도 번거로우니까."

나는 고개를 갸웃거렸다.

이 사람은 나와 아키호가 친구 사이임을 전제로 말하고 있다. 아키호가 거기까지 이야기했을까?

"혹시 절 아십니까?"

"네? 당연히 알죠."

미쓰요 씨는 어처구니가 없다는 듯 미간을 찌푸렸다.

"전에 아키호를 바래다주러 와서 큰 소리로 이름을 댔잖아요. 고우라 다이스케라고."

그리고는 한마디 덧붙였다.

"난 귀가 밝다고 했죠?"

말은 그렇게 했지만 내 목소리가 집 안에까지 들렸을 리는 없다. 분명 이 사람은 정원이 보이는 방에 있던 것이리라.

밖에 나가 있는 아버지가 걱정됐을까? 아니면 딸만큼 나이 차이가 나는 배다른 동생을 기다린 걸까?

그 답은 본인만 알 것이다.

8

쓰루가오카하치만구 앞 사거리에서 비탈진 지방도로로 들어서자마자 봉고차의 속도가 떨어졌다. 가득 실은 고서 때문이다.

우리는 출장 매입을 마치고 비블리아 고서당으로 돌아가는 길이었다.

가을 하늘에 해가 저물어가고 있었다. 지는 햇살을 받은 은행나무 가지가 부드러운 빛깔로 빛났다.

"오늘 일은 이걸로 끝내요. 책 정리는 내일 하면 되고요."

시노카와 씨가 작은 목소리로 말했다.

차에 타고 나서 처음으로 하는 말이었다. 나는 시간이 지날수록 평정심을 되찾았지만, 그녀는 아직 그러지 않은 모양이었다. 여전히 얼굴도 빨갰고 말수도 적었다.
"다이스케 씨도 퇴근하고 푹 쉬세요. 내일은 바쁠 거예요."
"네, 알겠습니다. ……네?"
대답하고 나서 뭔가 이상한 느낌에 고개를 갸웃거렸다.
방금 '다이스케 씨'라고 했나?
조수석을 보니 시노카와 씨는 놀란 듯 두 손으로 입을 막고 있었다.
"죄, 죄송해요. 고사카 씨가 계속 그렇게 불러서 저도 모르게…… 옮았나 봐요."
"전 이름으로 불려도 괜찮습니다."
순수하게 기뻤다. 더 가까워진 기분이다.
"그럼…… 그럴게요."
시노카와 씨는 뜻밖에도 순순히 대답하더니, 암송하듯 되뇌었다.
"다이스케 씨, 다이스케 씨……."
전에 남자를 이름으로 부르고 싶다고 그랬었지.
"그럼 저도 시오리코 씨라고 불러도 될까요?"
자연스럽게 말을 꺼내려고 애썼지만 실제로는 어떻게 들렸을지 알 수 없었다.
어쨌든 대답은 없었다. 거절할 생각이더라도 이렇게 아무 말도 없으면 무안한데.

봉고차는 낙석 방지를 위해 설치된 아치를 지나 내리막 길에 들어섰다.

조심스레 그녀의 표정을 보니 인상을 찌푸린 채 눈을 꼭 감고 있었다. 화난 표정이라기보다는 고통을 견디는 표정 같았다. 평소보다 숨소리가 거칠었다.

"시오리코 씨?"

겐초지 앞의 신호에서 멈춰 섰을 때 나는 그렇게 불렀다.

"네."

그녀는 안경 너머로 보이는 눈을 가늘게 뜨며 가냘픈 목소리로 대답했다.

그제야 상황을 파악했다. 나는 몸을 내밀어 그녀의 이마에 손을 댔다.

예상대로 불덩이처럼 뜨거웠다.

"손이 차가워서 기분 좋네요."

취한 듯 혀 꼬인 소리를 내는 입가에 희미하게 웃음이 번졌다.

뭔가 이상하다는 생각은 했다. 평소보다 혈색도 좋았고, 방에 들어가서도 겉옷을 벗으려 하지 않았다. 다른 때보다 수수께끼를 푸는 데 오래 걸리기도 했다.

당연한 일이다. 몸이 이렇게 안 좋은데 계속 무리를 했던 것이다.

'젠장.'

더 일찍 알아챘어야 했다.

신호가 파란불로 바뀌자 나는 힘주어 액셀을 밟았다.

별일은 아니지만 일단 밝혀두겠다.

내가 그녀를 시오리코 씨라고 부르게 된 건 이때부터다. 그러니까 앞으로의 일을 기록할 때도 그렇게 부르도록 하겠다.

안채 현관은 비블리아 고서당의 반대편에 있었다. 나는 주차 공간에 차를 세우고 내려서 조수석의 문을 열었다.

시오리코 씨는 힘없이 안전벨트를 풀고 지팡이를 짚어 내리려고 했다. 안절부절못하며 바라보고 있는데 지팡이 끝이 미끄러지면서 앞으로 기우뚱했다.

"아!"

나는 반사적으로 팔을 뻗어 시오리코 씨가 바닥에 쓰러지기 전에 간신히 부축했다.

열기가 느껴지는 보드라운 몸에서 피어오르는 살 내음.

잠깐 머리가 아찔했다.

"괘, 괜찮아요. 혼자 설 수 있어요."

모기만 한 소리가 들렸다. 그 말을 듣고 잠시 기다렸지만 역시 다리에 힘이 들어가지 않는 것 같았다.

나는 허공을 올려다보며 잠시 생각에 잠겼다.

방법은 하나밖에 없다.

"잠깐만 참으세요."

시오리코 씨의 다리와 등에 팔을 두르고 그대로 들어 올렸다. 그리고 종종걸음으로 현관으로 향했다.

"무겁지…… 않으세요?"

그녀는 잔뜩 몸을 움츠린 채 물었다.

경황이 없어서 무거운지 가벼운지 신경 쓸 겨를이 없었다.

시오리코 씨가 건넨 열쇠로 문을 열자 온 집 안이 쥐죽은 듯 조용했다. 아직 아야카가 학교에서 돌아오지 않은 모양이었다.

시오리코 씨가 몸을 뒤틀며 신발을 벗어 현관에 떨어뜨렸다. 나도 서둘러 신발을 벗고 안으로 들어갔다.

그녀의 방은 2층에 있다. 나는 복도를 지나 가파른 계단을 올려다봤다. 혹시라도 시오리코 씨를 안은 채 떨어지기라도 하면 큰일이다.

"괜찮으시면 좀 붙잡으실래요?"

긴장한 나머지 목소리가 나오지 않았다.

망설일 줄 알았는데, 그녀는 순순히 내 목에 두 팔을 둘렀다.

상상했던 것보다 더 풍만한 가슴의 감촉에 흠칫했지만, 어쨌든 조심스레 계단을 올라갔다. 시오리코 씨의 체온과 심장 박동 소리가 동시에 느껴졌다. 나는 발밑에만 의식을 집중하려 애썼다.

곳곳에 쌓인 책무더기에 부딪치지 않도록 조심하며 나는 시오리코 씨를 2층 침실로 데려갔다.

창가의 침대에 눕히자, 그녀는 눈을 감은 채 괴로운 듯 숨을 몰아쉬었다.

재킷 단추를 끝까지 채워 입은 상태다. 어쨌든 재킷이라도 벗겨야 할 텐데.

나는 조심스럽게 단추에 손을 댔다.

어쩔 수 없는 상황이긴 하다. 그래도 남들이 보면 뭐라고 생각할까······.

"거기서 뭐해요?"

등 뒤에서 목소리가 들렸다.

화들짝 놀라 돌아보니 남색 교복 차림의 여고생이 팔짱을 낀 채 복도에 서 있었다. 시오리코 씨의 동생인 아야카다.

"그, 그게 아니라, 출장 매입에 다녀오는 길인데 열이 높은 것 같아서, 그게."

설명을 끝까지 듣기도 전에 아야카의 낯빛이 싹 변했다. 그녀는 능숙하게 책 더미를 피해 방 안으로 들어왔다.

"내 이럴 줄 알았어! 잠깐 기다려요."

표정을 보니 이상한 오해는 하지 않은 모양이다.

방을 뛰쳐나간 아야카는 1층으로 내려가 얼음주머니와 수건, 대야를 들고 왔다. 그리고 옷장에서 잠옷과 속옷을 꺼내 침대로 던졌다. 나는 애써 고개를 돌렸다.

"힘드니까 가지 말라고 했는데. 언니, 입 좀 벌려봐."

아야카는 한숨을 쉬며 언니의 입에 체온계를 넣었다.

요즘 들어 안 사실이지만, 집안일을 주로 맡는 사람은 아야카인 것 같다. 어떤 일이든 능숙하게 척척 해냈다.

"그렇게 몸이 안 좋았어?"

"원래 감기 기운이 있었는데, 고우라 오빠한테 일을 가르쳐야 한다면서 이것저것 준비했거든요. 밤늦도록 메모하더라고요. 손님한테는 이렇게 인사해야 하고, 감정 순서는 어쩌고저쩌고."

"뭐?"

한마디로 나 때문에 무리를 했다는 뜻 아닌가.

오늘 그녀가 격식을 차려 대응을 했던 건 나한테 본을 보이기 위해서였던 것이다.

'그렇게 된 일이었군.'

나 자신이 너무 한심했다.

오늘 내내 나는 너무도 무지했다. 시오리코 씨에 대해서도, 아키호에 대해서도.

"그래도 즐거워 보였어요."

아야카는 언니의 겉옷을 벗겼다.

"즐거워 보였다고?"

"네. 소풍 가기 전날의 유치원생 같던데요?"

아야카가 언니를 잠옷으로 갈아입힌다고 해서 밖으로 나왔다.

천장에 달린 형광등이 복도에 쌓인 책무더기를 비추고 있었다.

예전에 봤을 때와 책의 종류가 다른 듯하다. 조금 늘어난 것도 같다. 이대로 두면 정말 계단 밑까지 책이 흘러넘칠지도 모른다.

창문 밖은 어두컴컴했다. 긴 하루가 저물고 있다.

다행히도 시오리코 씨의 상태는 그리 심각한 것 같지 않았다. 걱정됐지만 오늘은 이대로 집으로 돌아갈 생각이었다.

내려가기 전에 별 생각 없이 복도를 둘러본 순간, 벽 쪽에 쌓인 책이 눈에 들어왔다.

낯익은 회색 책등이 맨 위에 쌓여 있었다.

사카구치 미치요의 『크라크라 일기』.

"어?"

일전에 균일가 세일 매대에 내놓았던 책이었다. 시오리코 씨가 가진 책이었지만 취향에 맞지 않아 판다고 했다.

나는 무심코 손을 뻗어 확인했다. 역시 같은 책이다.

취향에 맞지 않는다면서 아직도 갖고 있었던 건가?

나는 고개를 갸웃거리며 책을 제자리에 내려놓았다.

언뜻 책무더기 안에 놓인 그림 일부가 보였다.

산더미처럼 쌓인 책을 배경으로 날개를 접은 하얀 새. 이 그림도 전에 봤다.

그때 시노카와 씨는 '크라크라'란 참새를 일컫는 말이라고 했다. 그림 속 새가 참새인지 아닌지는 몰라도, 처음 봤을 때부터 묘하게 신경이 쓰였다.

화폭의 다른 부분에는 대체 무엇이 그려져 있을까.

순간적인 호기심이었다.

나는 손을 뻗어 캔버스 가장자리를 잡았다.

어찌된 영문인지 낮에 보았던 시바 료타로의 문장이 머릿속을 스쳐 지나갔다.

나는 추리소설에 등장하는 탐정들이 영 마음에 들지 않는다.

남의 비밀을 어떻게 그리 집요하게 파헤칠 수 있는지, 그 열정의 근원이 무엇인지 모르겠다.

망설임은 순간에 지나지 않았다.
나는 탐정이 될 생각도 없고, 이 그림이 누군가의 비밀이라 할 수 있는지도 모른다. 별 뜻 없이 그냥 이곳에 내버려두었을지도 모르는 그림을 잠깐 보는 게 무슨 대수겠어?
벽과 책 사이에서 꺼내자 그림의 전체적인 모습이 보였다.
의자에 앉은 젊은 여자의 그림이었다. 배경에는 산더미처럼 책이 쌓였고, 하얀 새는 의자 등받이에 앉아 있었다.
검은 생머리를 늘어뜨린 그 여자는 하얀 블라우스와 긴 스커트 차림으로 살짝 고개를 숙인 채 책을 읽고 있었다. 무릎 위에는 안경이 놓였다.
"시오리코 씨……?"
그녀를 모델로 그린 그림 같았다. 누가 그렸는지는 모르지만 꽤 잘 그린 그림이다.
잠깐, 뭔가 이상한데.
불현듯 위화감을 느꼈다.
색을 칠한 물감은 빛이 바랬고, 캔버스 자체도 꽤 때가 탔다. 지난 몇 년 사이에 그린 그림이 아니다.
구석을 살펴봤지만 제목이나 작가의 이름은 없었다.

캔버스를 뒤집어봤다. 연필로 휘갈겨 쓴 글자가 보였다.

1980. 6. 24

"어……?"

나는 말문이 막혔다.

대략 30년 전 아닌가. 그럴 리가 없는데?

다시 그림 속 여자를 보았다. 어디를 봐도 시오리코 씨다.

하지만 30년 전에 시노카와 시오리코는 태어나지 않았다. 이건 다른 사람이다.

이 사람은 대체 누구지?

캔버스를 든 채 나는 망연히 그 자리에 서 있었다.

어디서도 새소리는 들리지 않았다.

足塚不二雄『UTOPIA 最後の世界大戦』──鶴書房

03
UTOPIA 최후의 세계대전

아시즈카 후지오

쓰루쇼보

후지코 후지오 | 藤子不二雄

일본의 만화가. 후지코 F. 후지오藤子・F・不二雄와 후지코 후지오 A 藤子不二雄A의 공동 필명이다. 1951년 공동 필명으로 활동하기 시작하여 1988년 콤비를 해체했다. 주요 작품으로 《도라에몽》,《키테레츠 대백과》등이 있다.

1

그러고 보니 나는 어릴 적 종이접기에 영 소질이 없었다.
나름대로 열심히 접어도 어느새 엉망으로 구겨져 있어서 친구들에게 놀림을 당하기 일쑤였다. 남들보다 손이 크고 손가락도 굵은 탓일까. 좌우지간 손재주가 좋지 않은 건 분명했다.

나는 그런 옛날 일을 떠올리며 계산대 안쪽에서 고서를 파라핀지로 싸는 작업을 하고 있었다. 낡은 책을 직사광선에서 보호하기 위해서다.

지금 내가 씨름하는 책은 분게이순슈신샤에서 나온 이케나미 쇼타로의 『착란』이었다. 얼마 전 오나리마치에 있는 고사카 아키호의 집에서 매입한 책이다.

표지에 찢어지고 변색된 곳이 있는 등 상태가 나쁜 편이다. 책이란 오랜 세월을 거치며 모양이 일그러지기도 한다. 얇은 파라핀지를 딱 맞게 씌우기란 쉬운 일이 아니다. 제대로 잘 됐다 싶으면 종이 크기가 부족했다.

몇 번이고 고친 끝에 가게에서 팔 책무더기 위에 올려놓을 수 있었다.

"다이스케 씨, 가격표는 다 붙이셨나요?"

등 뒤에서 시오리코 씨의 목소리가 들렸다.

"아, 지금 하려고요."

깜빡할 뻔했다.

미리 준비해둔 가격표 뒷면에 살짝 풀을 발랐다. 케이스가 없는 책에는 풀로 가격표를 붙인다.

이 역시 위치를 잘못 잡으면 처음부터 다시 붙여야 하는 어려운 작업이다. 어설프게 붙이면 자국이 남아서 신경을 기울여야 한다.

여전히 나를 바라보는 시선이 느껴졌다. 돌아보니 책무더기 사이에서 시오리코 씨가 얼굴을 내밀고 있었다.

"뭔가 하실 말이라도?"

"잠깐 이것 좀 보세요."

손짓하는 시오리코 씨를 따라 책무더기 너머로 건너갔다.

이 가게의 계산대 안쪽은 벽돌처럼 쌓인 책들이 칸막이처럼 구역을 나누고 있다. 주인이 돌아오고 나서 만든 벽이다. 평소에 그녀는 그 안쪽에 틀어박혀 인터넷 판매 업무 등을 보고 있다.

L자형 계산대 구석에 놓인 컴퓨터도 그 벽에 가려서 잘 보이지 않았다.

"지금 메일을 확인하고 있었는데요."

그녀가 가리킨 화면에는 사진이 첨부된 메일이 표시되어 있었다.

푸른 바다를 배경으로 두 남녀가 찍힌 사진이었다. 짙은 선글라스를 끼고 차려 자세로 서 있는 늙수그레한 남성과 둥근 얼굴의 중년 여성이 팔짱을 끼고 브이 자를 그리고 있었다.

어떤 책에 얽힌 사건을 통해 알게 된 사카구치 부부다.

"여기가 어딥니까?"

"오키나와의 이시가키 섬이래요."

해외여행에서 돌아온 지도 얼마 안 됐는데 이번에는 오키나와에 간 모양이다. 그들은 여러 섬들을 천천히 돌아보며 가는 곳마다 이렇게 메일을 보내 소식을 알려주었다.

"남쪽 섬이라, 부럽네요."

그녀는 황홀한 표정으로 말했다.

뜻밖의 반응이다.

"시오리코 씨도 이런 곳에 가보고 싶으세요?"

"네. 어떤 고서점이 있을까요. 지역이 다르니 구비한 책들도 다르겠죠?"

이건 솔직히 예상했던 대답이었다. 그야말로 못 말리는 책벌레다.

"바다에서 물놀이하고 싶다는 생각은 없으십니까?"

"네? 물놀이요?"

그렇게 물어놓고 뭔가 깨달았는지, 시오리코 씨는 조심스레 덧붙였다.

"이상하죠……. 저런 데서 책을 찾는다니."

"아니, 재미있을 것 같아요."

"진심으로 그렇게 생각하세요?"

"네."

진심이었다.

시오리코 씨와 어디 먼 곳에 가서 끝없이 이어지는 책 이야기를 듣는 것도 나쁘지 않을 것 같다. 딱히 남쪽 섬이 아니라도 상관없을 것 같지만.

"그렇군요."

그녀는 기쁜 표정으로 웃었다.

출장 매입을 다녀오고 나서부터 그녀의 태도가 전보다

훨씬 허물없어진 것 같다. 이제는 나와 이야기할 때 눈을 맞추지 않거나 우물거리지도 않는다. 시오리코 씨로서는 드라마틱한 변화였다.

그 사실은 기뻤지만, 마음에 걸리는 일이 하나 있었다.

이곳 안채 2층에서 발견한 그림 한 장. 시노카와 시오리코와 똑같이 생긴 여성이 그려진 그 그림이 머릿속에서 떠나지 않았다.

그날, 그림을 든 채 멍하니 서 있던 나는 문 여는 소리도 알아채지 못했다.

"……그 사람은."

느닷없이 들린 목소리에 화들짝 놀랐다.

돌아보니 시노카와 아야카가 서 있었다. 언니가 갈아입은 옷을 들고 있었다.

"시노카와 지에코, 우리 엄마예요."

"어머니?"

다시 그림을 보았다.

머리스타일도, 옷도 지금의 시오리코 씨와 흡사했다. 나이도 비슷한 또래…… 아니, 조금 젊은 것 같다.

"우리 아버지와 결혼하기 전 이 가게에서 처음 일했을 무렵에 누가 그려준 그림이라고 했어요. 그게 누군지는 모르지만."

아야카는 감정이 느껴지지 않는 목소리로 담담하게 말했다.

"어머니가 여기서 일하셨어?"

"네. 원래 가게 단골이었다고 들었어요. 여기서 일한 걸 계기로 아버지와 사귀게 되었대요."

그리고 결혼에 골인해 두 딸을 낳았다.

내가 궁금한 건 그다음이었다. 예전에 어머니에 대한 이야기가 나왔을 때 시오리코 씨의 표정이 얼어붙었던 게 똑똑히 기억났다.

뭔가 말하기 어려운 사정이 있다는 건 알았지만, 이제 와서 아무것도 묻지 않는 것도 부자연스럽다고 생각했다.

"지금 어머니는 어디 계신데?"

"글쎄요. 10년 전에 집을 나갔거든요. 어딘가에서 잘 살겠죠."

태연한 대답이 돌아왔다.

요컨대 소식이 끊겼다는 건가.

"왜…… 나가셨는데?"

"그걸 잘 모르겠어요. 그때는 나도 어렸고, 아빠하고 언니는 그 얘기를 꺼내려 하지 않았거든요. 둘이 뭘 아는지도

난 몰라요. 그래도."

순간 아야카의 목소리에 힘이 깃들었다.

"언니랑 잘되고 싶으면 엄마 이야기는 하지 마요. ……아니, 절대로 하지 마요."

그렇게 말하며 아야카는 내 손에서 그림을 빼앗아 책 더미 안쪽으로 쑥 넣었다.

아까와 마찬가지로 밖에서 보이는 건 그 하얀 새밖에 없었다.

"엄마 이야기가 나오면 언니 얼굴이 무척 슬퍼지거든요……."

나는 파라핀지로 싼 책을 서가에 꽂았다.

휴일 오전 중인데도 손님은 아직 한 명도 없었다. 근처 엔가쿠지와 메이게쓰인의 단풍이 절정에 이르면서 기타가마쿠라 역 승강장은 사람들로 미어터지는데 말이다.

계산대 안쪽에서 자판을 두드리는 소리가 희미하게 들렸다. 시오리코 씨는 인터넷으로 판매하는 상품의 정보를 입력하는 모양이었다.

결국 그녀의 어머니에 대해 알아낸 건 거의 없었다.

물론 억지로 물을 생각은 없었지만, 아키호와 사귈 무렵

상대의 사정을 아무것도 몰랐다는 사실은 나에게도 괴로운 기억으로 남아 있었다.

나는 시오리코 씨에게 끌리고 있었다.

그렇기에 망설여지기도 했다.

그녀가 가슴 속에 숨긴 사연을 알고 싶었지만, 그 마음은 단순한 호기심, 그녀의 비밀을 파헤치는 것에 지나지 않을지도 모른다.

밖에서 자동차 소리가 났다.

고개를 드니 유리문 너머로 차 한 대가 서 있었다. 안경을 낀 남자가 운전석에서 내려 귤 상자를 안고 가게 입구로 다가왔다.

나는 서둘러 문을 열었다.

"책을 팔러 오셨습니까?"

남자는 나를 올려다봤다.

숱이 적은 머리카락 사이로 흰머리가 조금씩 보였다. 나이를 추측하기 힘든 생김새였지만 30대 후반이나 40대 초반이리라.

경리 부서에서 일하는 성실한 회사원 같은 인상이었다. 수수한 빛깔의 스웨터와 청바지 차림이었는데, 전체적으로 이렇다 할 특징이 없었다. 길에서 스쳐 지나가도 금방 잊어버릴 것 같았다.

"네. 부탁드립니다."

목소리는 의외로 중후했다.

나는 상자를 받아 계산대로 가져갔다.

"이 서류의 빈칸을 채워주시면 됩니다."

나는 두리번거리며 가게 안을 둘러보는 남자에게 볼펜과 매입 서류를 내밀었다.

남자가 가져온 상자를 열자 어째서인지 오래된 식용유 냄새가 났다. 책들은 주로 낡은 신서와 문고본인 것 같았지만 모두 제목을 읽을 수 없을 만큼 책등이 바랬고, 책머리에는 뽀얗게 먼지가 쌓였다. 매입할 수 있는 상품은 아닌 것 같았다.

"오늘 여자분은 안 계십니까? 긴 머리에 안경을 낀……."

남자는 주소를 적으며 물었다.

가나가와 현 후지사와 시 니시토미. 이곳 기타가마쿠라에서 차로 15분 거리였다. 시오리코 씨를 아는 걸 보니 예전에 이 가게를 찾은 적이 있는 모양이었다.

"시노카와 씨라면……."

뒤를 돌아보니 안쪽에서 지팡이를 짚은 시오리코 씨가 나오고 있었다.

"주인인 시노카와입니다. 어서 오세요."

남자는 볼펜을 내려놓고 그녀를 머리에서 발끝까지 훑어

보았다.

찾는 사람이 틀림없는지 확인하는 듯한 집요한 눈빛이었다.

"저기…… 무슨 일이신지?"

시오리코 씨가 당혹스러운 표정으로 묻자 퍼뜩 정신을 차린 듯 눈을 돌렸다.

"아무것도 아닙니다. 실례했습니다."

나이도 먹을 만큼 먹은 남자가 쑥스러워하는 것 같았다.

오자마자 시오리코 씨가 있느냐고 물은 것도 그렇고, 뭔가 수상하다.

나는 이 남자를 경계했다. 혹시라도 다나카 도시오 때와 같은 일들이 일어날까 두려웠다.

"하나 궁금한 게 있습니다."

남자는 그렇게 말했다.

"아, 네. 말씀하세요."

"아시즈카 후지오의 『UTOPIA 최후의 세계대전』의 매입 가격은 얼마입니까?"

순간 시오리코 씨의 낯빛이 달라졌다.

처음 듣는 제목이었다. 작가의 이름은 어디서 들어본 것도 같았지만.

"쓰루쇼보 판인가요?"

그 목소리에서 긴장이 느껴졌다.

"네. 초판이고 상태가 좋다면요?"

시오리코 씨는 잠시 생각에 잠겼다. 신중하게 말을 고르는 모양이었다.

"실제로 봐야 말씀드릴 수 있을 것 같은데요. 커버는 있나요?"

"아뇨, 커버는 없습니다."

"저희는 만화를 거의 취급하지 않아서 전문점처럼 비싸게 사들이지는 못하지만, 100만은 넘을 거라 생각합니다."

"네?"

그 자리에 있던 사람 중 놀란 건 나 혼자였다.

매입가가 100만 엔이 넘으면 판매가는 대체 얼마라는 걸까.

어쩌면 시오리코 씨가 소장한 다자이의 『만년』보다 훨씬 비쌀지도 모른다.

고서라고는 해도 그렇게 비싼 만화책이 있을 줄은 상상도 못했다.

"그렇군요. 쓸데없는 질문을 해서 죄송합니다."

남자는 고개를 숙였다. 어째서인지 기쁜 표정을 짓고 있는 게 마음에 걸렸다.

"『최후의 세계대전』을 가지고 계세요?"

시오리코 씨가 물었다. 이미 소장하고 있거나 곧 입수할 예정이니 그런 질문을 했으리라.

우리가 마른침을 삼키며 대답을 기다리고 있는데, 남자는 불현듯 유리문 너머를 보며 말했다.

"차를 저기 세워두면 안 되겠죠. 주차장은 어딥니까?"

나에게 한 질문이었다. 아닌 게 아니라 가게 앞은 길이 좁아서 오래 세워둘 수는 없다.

"아, 네. 가게 뒤쪽에 있습니다. 저 모퉁이에서 우회전하셔서 직진하시면 주차장 간판이 보입니다. 빈 곳에 세우시면 됩니다."

"그렇군요. 일단 차를 세우고 올 테니 그동안 책 감정을 부탁드립니다. 그럼."

남자는 발길을 돌려 서둘러 밖으로 나갔다.

겉보기와는 달리 별난 성격인 것 같았다.

결국 『최후의 세계대전』은 어떻게 된 거지?

"……일단 감정부터 할까요."

시오리코 씨는 상자 안을 들여다봤다. 돌아오면 이야기를 마저 해줄지도 모른다. 나쁜 아니라 시오리코 씨 역시 그렇게 생각했으리라.

하지만 아무리 기다려도 그는 모습을 드러내지 않았다.

혹시나 해서 안채 앞에 있는 주차 공간을 봤지만 남자의 차는 보이지 않았다. 가게에서 쓰는 영업용 봉고차가 세워져 있을 뿐이었다.

그 기묘한 남자는 책 감정을 맡긴 채 홀연히 사라진 것이다.

2

그날 오후, 아야카에게 가게를 맡기고 우리는 봉고차에 올라탔다.

뒷좌석에는 책이 든 상자가 들어 있었다. 손님이 가져온 책을 그냥 둘 수는 없다는 시오리코 씨의 주장에 직접 찾아가기로 한 것이다. 감정은 이미 끝났으니 상대방이 승낙하면 매입하고, 아니면 즉시 돌려주기로 했다.

남자가 남기고 간 매입 서류에는 주소가 중간까지만 적혀 있었다. 후지사와 시 니시토미. 번지도 중간까지만 적혀 있었고, 이름과 전화번호도 공란으로 비워두었다.

"가게에 더 두어도 될 것 같은데요."

나는 운전하면서 말했다.

"그쪽에서 두고 간 거니까 굳이 가져다줄 필요는 없지 않을까요."

정확한 주소를 알지 못하는 상태에서 찾아가도 남자의

집을 찾을 수 있을 것 같지는 않았다.

애당초 그 남자가 쓴 게 진짜 주소라는 보장도 없다.

"그건 그렇지만, 어쩌면 그분은 『최후의 세계대전』을 소장하고 계실지도 몰라요. 초판에 커버가 없다는 것도 아는 것 같았고요. 그러면 찾아가볼 가치가 있죠."

확실하지 않은 정보라도 수고를 감수할 만큼 귀한 작품인 모양이었다.

"『최후의 세계대전』이라고 했죠? 그렇게 귀한 책입니까?"

"네. 정식 제목은 'UTOPIA'고 '최후의 세계대전'은 출판사에서 마음대로 붙인 거지만요. 작가에게는 첫 단행본이고 현재는 10부 정도만 존재한다고 들었어요. 1980년에 처음으로 고서 시장에 모습을 드러낼 때까지 마니아들 사이에서도 환상의 작품이라 불렸죠."

"유명한 사람의 작품인 모양이네요. 어느 시대 사람입니까?"

분명히 지은이의 이름은 '아시즈카 후지오'였다. 유명한 만화가의 이름을 이어붙인 듯한 이상한 이름이다.

"아시즈카 후지오는 후지코 후지오의 데뷔 당시 필명이에요."

"아……."

나는 말문이 막혔다. 이어붙인 게 아니라 본인이었다니.

물론 후지코 후지오는 나도 알 만큼 유명한 만화가다.

'도라에몽의 아버지' 후지코 후지오를 모르는 사람이 과연 있을까?

일본에서 가장 유명한 만화가 중 한 명…… 아니, 콤비니까 두 명이라고 해야 하나. 오래 전에 각자의 길을 가기로 하고 한쪽은 이미 세상을 떠났지만.

어릴 적 나도 용돈을 받아 몇 권 사본 적이 있다. 만화는 활자와 달리 그나마 오래 읽을 수 있었기 때문이다.

내가 좋아했던 작품은 『키테레츠 대백과』였다. 내가 철이 들었을 무렵에 애니메이션이 방영되었기 때문이다.

"언제 나온 책입니까?"

"1953년요. 지금으로부터 60년도 전이네요."

"그렇게 옛날 책이라니……."

우리 할아버지, 할머니 세대다.

후지코 후지오가 오래전부터 활약했다는 이야기는 들었지만 그렇게 옛날 사람인 줄은 몰랐다.

"책이 출간되었을 때 두 작가 모두 10대였어요. 당시에는 10대에 데뷔하는 게 당연했다고 해요. 크리에이터의 평균 연령 자체가 낮았던 거죠. 당시 중진이었던 데즈카 오사무조차 30대였으니까요."

"'아시즈카足塚'라는 건 데즈카手塚 오사무에서 따온 이름인가요?"

"네. 존경하는 데즈카 오사무에서 본딴 필명인데, 손보다 발이 훨씬 아래에 있다는 뜻이래요. 애당초 작가에게 쓰루쇼보에서 단행본 집필 의뢰가 들어온 것도 데즈카 오사무가 소개해줬기 때문이었어요. 갓 데뷔한 신인 만화가에게는 큰 도움이었겠죠."

이야기를 듣다 보니 어느새 차는 국도로 접어들고 있었다.

주말이라 그런지 길이 막혔다. 목적지는 바로 코앞인데 앞차들이 빠지지 않았다. 길가에 있는 체육관에서 연습을 하는 권투선수들의 모습이 보였다.

"시오리코 씨는 옛날 만화도 잘 아시네요."

비블리아 고서당에서는 만화책은 거의 취급하지 않는다. 때문에 그녀의 지식도 활자 중심이라고 생각했다.

"아뇨. 그 정도는 아닌데요……."

시오리코 씨의 목소리에 괴로운 기색이 어렸다.

이 정도면 잘 아는 축에 속할 것 같은데.

국도를 빠져나와 커다란 절 앞을 지나쳐, 주택가 골목에 차를 세웠다.

문제의 주소는 지도상으로 이 근처였다.

"집이 많네요."

나는 주변을 둘러보았다. 이 근처에 집만 몇 십 채는 될 것 같았다. 단독주택뿐 아니라 아파트도 많았다.

"한 집씩 도는 수밖에 없겠네요."

그 남자가 나올 때까지 일일이 초인종을 눌러봐야 한다는 소리다.

물론 다리가 불편한 시오리코 씨 대신 내가 가야 한다. 저 집들을 다 돌 생각을 하니 마음이 무거웠다.

"잠시만요. 그보다 제가 말하는 조건과 일치하는 방이 있는 집을 찾아보세요. 그편이 빠를 거예요."

시오리코 씨가 말을 이었다.

"서향으로 난 커다란 창문이 있고 얇은 커튼이 쳐진…… 그리고 부엌 근처에 있는 방이에요. 햇볕이 들어오는 위치에 책장이 있어요. 아까 오신 그 손님의 집에는 그런 방이 있을 거예요."

"그걸 어떻게 아시죠?"

"상자에 담긴 책은 모두 책등이 바랬고 책머리에 먼지가 앉았잖아요. 강한 햇볕을 받는 위치에 있는 책장에 오랫동안 꽂혀있었을 거예요. 그리고 모든 책에서 식용유 냄새가 났어요. 튀김이나 볶음 요리를 만들 때 쓰는 기름 냄새가 닿는 곳…… 부엌 근처 방에 있던 책일 거예요. 환기가 잘 되지 않는 걸 보면 낡은 건물일 가능성이 커요."

"……그렇군요."

나는 고개를 끄덕였다. 듣고 보니 납득이 갔다.

"그런 데까지 생각이 미치다니 정말 대단하네요."

"지금 말한 데와 비슷한 집에 출장 매입을 간 적이 있거든요. 그때와 책 상태가 똑같았어요."

경험이 뒷받침된 통찰력인 것이다.

나는 봉고차의 문을 열고 내렸다. 조금이나마 조건이 좁혀진 것 같았다.

얼마간 골목을 돌았다. 주택끼리 맞붙어 있는 탓에 햇볕이 잘 드는 서향으로 난 창은 좀처럼 찾아볼 수 없었다. 신축 주택을 제외하면 후보가 얼마 되지 않는다.

'어?'

나는 다른 곳에 비해 한층 더 조용한 골목에 자리한 2층짜리 낡은 아파트 앞에서 걸음을 멈췄다.

1층 모퉁이 집에 서향으로 난 커다란 창문이 있었고, 성기게 짠 레이스 커튼 너머로 책장이 보였다. 창문 근처에 환기 후드가 설치된 걸 보니 방 옆에 부엌이 있는 모양이었다. 기름때로 보이는 거무튀튀한 얼룩이 후드 바깥까지 흘러내리고 있었다. 청소를 자주 하지 않는 모양이었다.

시오리코 씨가 말한 조건과 모두 일치하는 집이다.

"여기군."

나는 중얼거렸다.

시오리코 씨의 보폭에 맞춰 둘이서 주택 입구로 갔다.

대체 몇 십 년 전에 지은 건물인지, 목욕탕 창문 창살에 나무로 된 우유 배달 상자가 달려 있었다.

매직으로 '스자키'라 쓴 오래된 명패가 보였다.

"안에 사람이 있을까요?"

나는 작은 소리로 물었다.

"저희를 기다리고 있을지도 몰라요."

"네?"

"책을 두고 간 것도, 『최후의 세계대전』 이야기를 꺼낸 것도 뭔가 의도가 있어서일 거예요."

"의도라니, 그게 뭡니까?"

"거기까지는 모르겠지만……."

뭔가 꺼림칙한 기분이 들었다.

만일 이 안에 있는 상대가 뭔가 꿍꿍이를 가지고 있다면, 나는 시오리코 씨를 지켜야 한다.

시오리코 씨가 초인종을 눌렀다.

안에서 인기척이 나더니 천천히 문이 열렸다. 나는 무슨 일이 생겼을 때 즉시 대응할 수 있도록 온 신경을 집중하고 있었다.

문을 열고 나온 건 아까 그 중년 남자였다.

"스자키 씨죠? 아까 두고 가신 책 때문에 찾아뵈었습

니다."

느닷없이 남자의 얼굴에 희색이 번졌다.

그는 갑자기 두 손으로 시오리코 씨의 손을 꼭 잡았다.

"역시 오셨군요! 어서 오십시오."

"네? 저기······."

남자는 손을 놓고 안으로 들어오라는 듯 뒤로 물러났다.

"들어오십시오. 꼭 드리고 싶은 이야기가 있습니다."

"무슨 이야기죠?"

나는 앞으로 나서며 물었다.

보아하니 우리가 책을 가져다줄 걸 예상했다기보다는, 이곳으로 부르기 위해 일부러 책을 두고 간 모양이었다.

스자키의 의도를 알지 못하는 이상 겁도 없이 안으로 들어갈 수는 없다.

"물론 아시즈카 후지오의 『최후의 세계대전』과······."

스자키는 시오리코 씨를 보며 말을 이었다.

"사장님의 어머님에 관한 이야기입니다."

3

스자키가 우리를 안내한 곳은 아까 밖에서 보았던 서향

으로 난 방이었다.

 문 달린 커다란 캐비닛이 한쪽 벽에 늘어서 있는 모습이 인상적이었다. 부엌 쪽 벽에는 텅 빈 작은 책장이 놓여있었다. 여기서 책을 꺼내 비블리아 고서당에 가져온 모양이다.

 서쪽뿐 아니라 남쪽으로도 전면 창이 나서 잡초가 무성하게 자란 정원이 보였다. 아마 예전부터 이런 풍경이었으리라.

 시간의 흐름이 멈춘 듯 신기한 공간이었다.

 우리는 나란히 바닥에 앉았다. 시오리코 씨는 옆으로 비스듬히 앉아 불편한 다리를 볕에 바랜 방바닥에 뻗었다.

 지저분하지는 않지만 그다지 사람이 사는 느낌이 들지 않는 방이었다. 이사 가기 직전의 집 같은 휑한 분위기다.

 "여긴 제 고향집입니다. 옛날에 이곳에서 아버지와 둘이서 살았죠."

 부엌에서 나타난 스자키는 친절하게 말을 붙이며 우리 앞에 찻잔을 내려놓았다. 평범한 녹차가 담긴 찻잔에서 김이 피어오르고 있었다.

 "제가 고등학교를 졸업하고 독립한 뒤로 아버지 혼자 이 집에서 계속 혼자 사셨습니다. 지난 9월에 뇌경색으로 세상을 떠나시기 전까지."

 "상심이 크셨겠습니다."

애도의 말을 전하는 시오리코 씨를 따라 나도 고개를 숙였다.

아직 스가키가 이야기를 어떻게 꺼내려는 것인지 정확히 파악할 수가 없었다.

『최후의 세계대전』과 시오리코 씨의 어머니에 대해 할 이야기가 있다고 했는데, 대체 무엇일까?

"이 집을 처분하려고 아버지의 유품을 정리하던 중이었는데, 어릴 적부터 궁금했던 게 있었습니다. 꼭 그 진상을 알고 싶어서 이런 결례를 저질렀습니다."

스가키는 자세를 바로 하더니 시오리코 씨 쪽으로 몸을 돌리며 말을 이었다.

"주소를 쓰다가 말았는데 어떻게 저희 집을 찾아오셨습니까? 이 근처의 집들을 하나씩 찾아간 건 아닐 테고요."

"네? 그건……."

"먼저 그걸 가르쳐주십시오. 부탁드립니다."

그의 단호한 어조에 시오리코 씨는 아까 나에게 했던 설명을 다시 들려주었다.

스가키는 눈을 빛내며 고개를 끄덕이더니, 이내 텅 빈 책장을 돌아보며 말했다.

"그렇군요. 그럼 그때도 분명 그랬겠군요. 책 내용도 비슷했으니까요."

"그때라뇨? 무슨 말씀이신가요?"

시오리코 씨가 물었다.

"지금으로부터 30년 전의 일입니다. 저희 아버지도 비블리아 고서당에 책을 팔러 가셨던 적이 있습니다. 제가 그랬듯 주소를 중간까지만 쓰고 책을 놓고 집으로 돌아왔습니다. 그런데 사장님 어머님께서 이 집을 찾아내 책을 가져다주셨죠. 어떻게 그런 일이 가능한지 아무리 생각해도 모르겠더군요."

어머님이라는 단어가 나오자마자 시오리코 씨의 몸이 뻣뻣해졌다.

스자키는 알아채지 못한 눈치였다.

"몇 년 전에 한 번 가게에 들렀던 적이 있습니다. 아버님께서 혼자 가게를 지키고 계셨는데…… 어머님과는 헤어지셨다고 들었습니다."

"……네."

그녀는 메마른 목소리로 대답했다.

나는 '집을 나갔다'고 들었는데 정식으로 이혼한 것이었는지도 모른다.

"지금은 어디 계십니까?"

"저도 모르겠어요."

"그렇군요……."

스카키는 한숨을 쉬며 말했다.

"주소를 알아낸 방법을 아버님은 모르시는 듯했습니다. 영영 진상을 알아내지는 못할 거라고 단념했었는데…… 열흘쯤 전에 요코스가 선 전철을 타고 가던 길에 기타가마쿠라 역에서 비블리아 고서당이 보였습니다. 30년 전에 만났던 여성을 쏙 빼닮은 사장님이 가게 앞에 서서 즐거운 얼굴로 간판을 빙글빙글 돌리고 있더군요."

시오리코 씨는 얼굴을 붉혔다.

아마 아키호의 집에 출장 매입을 하러 갔던 날이리라. 내가 차를 가지러 갔던 동안 그녀는 가게 앞에서 기다리고 있었다. 그때 그런 건가.

"한눈에 딸인 줄 알았습니다. 어쩌면 그분과 같은 능력을 가졌을지도 모른다고 생각했죠. 정말 죄송했습니다."

그렇게 말하며 스카키는 우리에게 고개를 숙였다.

한마디로 당시의 상황을 최대한 재현해 같은 일이 일어나는지 실험해본 것이다.

방금 이야기를 듣고 하나 알게 된 사실이 있다.

시오리코 씨의 어머니는 딸과 마찬가지로 책에 관한 날카로운 통찰력을 가지고 있던 모양이다. 아니, 시오리코 씨가 어머니에게 그 능력을 물려받았다고 해야 할까.

스카키의 사죄에도 시오리코 씨는 딱히 반응을 보이지

않았다. 다른 일에 정신이 팔린 눈치였다.

"……30년 전, 저희 어머니가 단순히 책을 가져다주러 온 게 아니었죠?"

그녀는 나지막한 목소리로 물었다. 질문이라기보다는 사실을 확인하는 투였다.

"그리고 스자키 씨의 아버님께서는 책을 팔려고 오셨다가 도중에 갑자기 집으로 돌아오셨어요. 뭔가 특별한 사정이 있으셨던 게 아닌가요? ……『최후의 세계대전』에 관련된."

그러고 보니 그 이야기가 아직 남아 있었다.

스자키는 순간 눈을 휘둥그레 뜨더니 입가에 미소를 지으며 말했다.

"역시 어머님을 쏙 빼닮으셨군요. 맞습니다. 정말 드리고 싶었던 이야기는 바로 그겁니다."

자리에서 일어난 그는 한쪽 벽을 채운 캐비닛의 문을 하나씩 열었다.

"우와."

저도 모르게 감탄이 흘러나왔다.

캐비닛을 빼곡히 채운 건 모두 후지코 후지오의 단행본이었다.

『도깨비 Q타로』부터 시작해 『도라에몽』, 『괴물 군』, 『퍼맨』 등등. 한 작품에도 여러 종류의 판본이 있는 듯했는데,

모두 한 권씩 비닐 포장해 보관해두었다. 내가 좋아했던 『키테레츠 대백과』도 있었다.

내가 초등학생이었다면 뛸 듯이 기뻐했으리라. 후지코 팬에게는 지상낙원이었다.

"아버지도, 저도 후지코 후지오의 만화를 수집했습니다. 여기 있는 건 아버지의 수집품입니다."

나와 시오리코 씨는 책들을 구석구석 살펴봤다. 대부분은 커버가 달린 단행본이었지만 가장 아랫단에 꽂힌 《월간 코로코로코믹》이 눈길을 끌었다.

"《코로코로》도 있네요."

시오리코 씨가 작은 소리로 말했다. 그밖에 잡지는 없었다.

"창간 당시 《월간 코로코로코믹》은 후지코 F. 후지오 만화를 중심으로 구성됐어요. 작가에게서 모든 작품의 게재권을 위임받아서, 『도라에몽』을 비롯한 대표작들을 한 권으로 읽을 수 있었죠. 여기 있는 건 초기의 과월호인데 고서 시장에서 꽤 가격이 나가는 것들도 있네요."

시오리코 씨는 신이 난 목소리로 설명했다.

"《코로코로》의 창간호가 나온 건 제가 어릴 적이었습니다. 저는 『도라에몽』이 큰 인기를 끌었을 때 초등학생이었는데, 아버지는 후지코 후지오가 데뷔했을 당시부터 열렬

한 팬이셨죠."

우리의 반응에 스자키는 흡족한 표정을 지으며 밝은 목소리로 말했다.

수십 년에 걸쳐 대중의 사랑을 받은 만화가이니 만큼 2대에 걸친 마니아가 있는 것도 당연했다.

"그리고 이게 아버지가 목숨처럼 아끼던 책입니다."

스자키는 캐비닛 안쪽에서 낡은 단행본을 꺼냈다. 비닐로 꽁꽁 싸맨 책이었다.

"아."

시오리코 씨가 엉덩이를 들고 가까이 다가갔다. 그렇게 재빨리 움직이는 모습은 처음 봤다.

붉은 표지에 초록색 로보트와 총을 든 소년이 그려진 책이었다.

그림 위에 『UTOPIA 최후의 세계대전』이라는 제목이 인쇄되어 있었다.

나 역시 몸을 앞으로 내밀었다.

이 세상에 단 몇 부밖에 존재하지 않는다는 환상의 책이 눈앞에 있다. 아마 평생 다시 볼 일은 없겠지.

"내용을 봐도 될까요?"

시오리코 씨는 살짝 흥분한 목소리로 물었다.

"그럼요. 비블리아 고서당 분들께 보여드리고 싶었습

니다."

스자키는 조심스레 책을 꺼내 시오리코 씨에게 건넸다.

책머리가 약간 변색되기는 했지만 표지는 깨끗했다. 문외한인 내 눈으로 봐도 상태가 좋은 걸 알 수 있었다.

뒤표지에는 튀는 색깔로 '130엔'이라고 적혀 있었다. 이 시대 사람들도 60년 후에 수백만 엔의 가격으로 거래될 줄은 상상도 하지 못했으리라.

시오리코 씨는 확인하듯 천천히 책장을 넘겼다. 선명한 2도 인쇄가 눈길을 끌었다.

판권면까지 훑어보고 나서 뒤쪽 면지를 펼쳐보았을 때 그녀는 숨을 삼켰다.

"이건."

비블리아 고서당의 이름이 들어간 가격표가 끼워져 있었다.

『최후의 세계대전』이라는 제목 아래 가격도 적혀 있었다. '2천 엔'이라고 쓰였다.

"저, 저희 가게에서 판매한 상품이었나요?"

게다가 단돈 2천 엔이다. 시오리코 씨는 가격표를 들고 감정하듯 훑어보았다.

"어머니 글씨예요."

그녀는 괴로운 듯 중얼거렸다.

"이 책은 저희 아버지께서 30년 전에 비블리아 고서당에서 구입한 책입니다."

스자키는 기억을 되짚듯 아련한 표정으로 이야기를 시작했다.

"감정 도중에 말도 없이 가게를 뛰쳐나간 것도 바로 이 책 때문이었죠."

4

"요새는 이런 옛날 만화를 수집하는 이들도 드물지 않지만, 아버지가 젊었을 적에는 만화를 제대로 보관하는 사람이 거의 없었다고 합니다. 만화는 애들이나 보는 읽을거리였고, 헤질 때까지 읽고 나면 그냥 버리는 물건이었죠.

아버지가 만화를 모으셨던 건 프로 만화가가 되고 싶었기 때문이었을 겁니다. 중고등학생 때는 잡지에 열심히 투고했다고 들었습니다. 결국 그 꿈을 이루지는 못했지만 옛날 만화를 수집하는 건 그만두지 않으셨습니다.

젊었을 적에는 데즈카 오사무의 책도 제법 모으셨던 모양이지만, 가격이 치솟으면서 그쪽에서는 손을 떼고 가장 좋아했던 후지코 후지오 작품을 집중적으로 수집하셨다고 들었습니다.

옛날 만화를 모으는 것 말고는 별다른 취미도 없는 성실하고 과묵한 분이셨습니다. 제가 여섯 살 때 어머니가 돌아가시고 나서부터는 더욱더 남들과 관계를 맺지 않으려 하셨죠. 가끔 다른 수집가들과 연락을 주고받는 정도였습니다.

부자 사이에 공통의 화제는 후지코 만화였습니다.

만화라면 치를 떠는 다른 부모들과 달리 오히려 이것저것 권해주시는 게 기뻤지만 당신 수집품은 끔찍하게 아끼셨죠. 덕분에 고서를 어떻게 보관해야 하는지 어린 나이에 일찌감치 배웠습니다.

그런 아버지가 꼭 가지고 싶어하셨던 책이 이 『UTOPIA 최후의 세계대전』이었습니다.

초등학생이었던 아버지는 책이 발간되자마자 사서 즐겨 읽었는데, 어느 날 조부모님께 들켜 빼앗겼다고 하더군요. 다시 사고 싶었지만 어디서도 구할 수 없었다고 했습니다.

제가 초등학생일 때…… 1980년 여름에 이 책이 처음으로 고서 시장에 등장해 도쿄의 중고 만화 전문점에 매물로 나왔습니다. 신문 기사에도 실려서 마니아들 사이에서는 큰 화제가 됐죠.

서민들은 꿈도 꾸지 못할 금액이었다고 하지만, 그래도 당신 눈으로 확인하고 싶으셨는지 아버지는 서둘러 그 전문점으로 달려갔습니다.

하지만 가게에 도착했을 때는 이미 누군가가 훔쳐간 뒤였다고 했습니다.

집을 나섰을 때와는 딴사람처럼 침울한 표정으로 돌아오셨던 게 기억이 납니다.

간절히 꿈꾸던 책을 보지 못한 충격이 컸는지, 한동안 말도 하지 않으셨습니다. 드시지도 못하는 술을 밤마다 드셨죠. 정말 이 책에 애착이 많으셨던 겁니다.

보름쯤 지난 어느 날, 아버지가 갑자기 드라이브를 가자는 말씀을 꺼내셨습니다.

바깥바람을 쐬며 기분 전환을 하려던 것이었겠죠. 가마쿠라의 하치만진구 신사에 들렀다 요코하마로 가서 저녁을 먹을 예정이었습니다.

가는 길에 비블리아 고서당에 들렀습니다. 형편이 그리 넉넉하지는 않았기에 다 읽은 책을 팔아서 저녁 식사비에 조금이나마 보탤 생각이셨겠죠. 아버지를 도와 책을 상자에 담으며 슬쩍 봤는데 그리 비싼 책은 아니었습니다.

가게 앞에 차를 세우자 계산대 안에 있던 여성이 고개를 들었습니다.

긴 머리에 하얀 피부……. 따님 앞에서 이런 말씀 드리기는 민망하지만 어린 마음에도 눈이 번쩍 뜨일 만한 미인이었습니다.

그분은 환한 미소를 지으며 우리 부자에게 달려와 '책을 파시려고요?' 라고 물었습니다.

아버지가 그렇다고 대답하자 가게 뒤쪽에 차를 대라고 부탁했습니다. ……그동안 저는 그분에게서 눈을 뗄 수가 없었습니다.

아버지는 시키는 대로 차를 가게 뒤에다 대고 혼자서 책이 든 상자를 옮겼습니다.

저에게는 차에서 기다리라고 했지만 그 예쁜 여성이 신경 쓰여서 그럴 수가 없었죠.

가게로 가보려고 차문을 열었을 때 새파랗게 질린 아버지가 달려와 운전석에 올라탔습니다.

『최후의 세계대전』을 좌석 옆 주머니에 넣는 걸 보고 저는 눈이 휘둥그레졌습니다. 아버지가 오랫동안 찾았던 만화였기 때문입니다.

어디서 났냐고 물었지만 흥분한 아버지는 제대로 대답해주지 않았습니다.

아마 아버지는 어머님께 책 감정을 부탁하려다 이 책이 진열되어 있는 걸 보셨을 겁니다.

가격을 보니 겨우 2천 엔. 황급히 대금을 치르고, 가져온 책은 까맣게 잊어버린 채 가게에서 뛰쳐나오신 겁니다.

지금은 있을 수 없는 일이지만, 당시에는 충분히 그럴 수 있었죠.

옛날 만화의 가격이 천정부지로 뛰기는 했지만 비싼 가격에 거래되던 건 주로 데즈카 오사무의 초기 작품이었고, 후지코 후지오에 주목하는 고서점은 거의 없었다고 들었습니다.

더구나 필명도 달랐으니 그럴 법도 했죠. 『최후의 세계대전』이 환상의 작품이 된 건 그 가치를 알아본 사람이 얼마 없었기 때문이기도 했거든요.

결국 그날은 다시 집으로 돌아왔습니다.

아버지가 운전할 수 있는 상태가 아니었거든요. 그리고 무엇보다 책을 산 탓에 지갑이 가벼워졌기 때문이었을 겁니다. 아버지는 다음 주에 가자고 저를 달랬지만 무척 낙심해서 칭얼댔던 기억이 납니다.

아버지도 미안했는지 집에 돌아와서는 『최후의 세계대전』을 저에게 주셨습니다. 먼저 읽으라는 뜻이었죠. 하지만 여전히 부루퉁해 있는 저를 두고 아버지는 나가셨습니다. 근처에 사는 친척에게 빌린 차라서 돌려줘야 했거든요.

집에 혼자 남겨졌으니 불평할 사람도 없었죠. 하는 수 없이 『최후의 세계대전』을 읽기 시작했습니다.

저도 후지코 후지오의 팬이었거든요. 무슨 내용일지 궁

금했습니다.

이 만화의 내용을 아십니까?"

옛날이야기를 하던 스자키가 갑자기 질문을 던졌다.

"아뇨."

나는 그렇게 대답했지만 시오리코 씨는 고개를 끄덕였다. 그녀는 아는 모양이었다.

순간 망설이는 표정을 짓고 나서 스자키는 나에게 줄거리를 설명했다.

"한 정치범과 그의 어린 아들이 실험체로서 지하 방공호에 갇혀요. 그때 적국의 신형병기, 모든 것을 얼려버리는 빙소氷素폭탄이 떨어져 도시 전체가 꽁꽁 얼어붙고, 두 부자도 그 영향으로 가사 상태에 빠지죠.

그로부터 백 년이 지나 아들만 구출되어 눈을 떠요. 아버지에 관한 기억이 봉인된 소년은 아무것도 모른 채 거대 도시 '유토피아'로 끌려가, 로봇의 힘으로 시민을 관리하는 정부와 그에 저항하는 인류연맹과의 항쟁에 말려들게 됩니다.

처음에는 너무 옛날 그림체라고 생각했지만 읽는 동안 점차 이야기에 빠져들었습니다. 아버지가 좀처럼 돌아오지 않았기 때문일지도 모릅니다.

차를 빌려준 친척과 이야기가 길어진 탓이라고 나중에

들었지만, 그때는 정서적으로 예민한 시기였기 때문에 이 만화의 주인공처럼 아버지와 못 만나게 되면 어떡하나 걱정이 되더군요.

이대로 『최후의 세계대전』을 끝까지 읽을지, 아니면 아버지를 마중하러 나갈지 망설이던 참이었습니다.

갑자기 초인종 소리가 들렸습니다.

문을 연 순간 깜짝 놀랐습니다. 아까 비블리아 고서당에서 봤던, 사장님의 어머님이 서 있었기 때문입니다.

그녀는 저에게 주소를 적다 만 종이를 내밀며 물었습니다.

'너희 아버지가 쓰신 거지?'

제가 말없이 고개를 끄덕이자 그녀는 발밑에 있는 커다란 상자를 가리켰습니다.

아버지가 놓고 온 책을 일부러 가져다주러 온 거였습니다.

책을 어떻게 할지는 아버지에게 물어봐야 했기에 돌아오실 때까지 들어와서 기다리라고 했습니다.

그분은 지금 사장님이 앉은 그 자리에 앉아 신기한 듯 방 안을 두리번거렸습니다. 이 캐비닛을 보고 호기심이 생긴 모양이었습니다.

'캐비닛 안을 좀 보여주겠니?'

저는 잠깐만이라고 단단히 일러두고 문을 열었습니다.

평소에 아버지가 허락 없이 남에게 보여주지 말라고 단

단히 일러두었지만, 솔직히 아버지의 컬렉션을 남에게 자랑하고 싶은 마음도 있었습니다.

예상대로 그분은 눈을 휘둥그레 뜨며 놀랐습니다.

후지코 후지오의 팬이었는지 꽂혀 있는 작품에 대해 술술 이야기하시더군요. 아동 대상의 유명한 작품은 몰라도, 『극화 모택동전』이나 『미노타우루스의 접시』 같은 성인 대상의 작품에 대해서는 저보다 더 잘 아는 것 같았습니다.

후지코 후지오에 관해서라면 모르는 게 없다고 자부했던 저는 기분이 상했습니다.

지금 생각해보면 유치하기 짝이 없지만, 어린 마음에 명예회복을 해야겠다고 생각했죠.

읽던 『최후의 세계대전』을 들고 당당하게 말했습니다.

'아시즈카 후지오는 후지코 후지오의 필명이에요. 몰랐죠? 이건 아주 희귀한 만화인데 우리 아빠는 이걸 오랫동안 찾았어요.'

아버지가 이 책을 비블리아 고서당에서 싼 값에 샀다는 건 저도 어렴풋이 알고 있었습니다.

하지만 어떻게든 눈앞에 있는 사람을 놀라게 해주고 싶었습니다. 제가 아는 게 많다는 사실을 자랑하고 싶었죠.

제 말을 들은 어머님은 놀란 표정을 지었습니다.

'그랬구나. 몰랐어.'

그러고는 갑자기 제 위로 몸을 내밀었죠.
거리가 좁혀지자 저는 온몸이 마비된 듯 꼼짝도 할 수 없었습니다.
'가르쳐줘서 고마워.'
그분은 제가 듣고 싶었던 바로 그 말을 해줬습니다.
저는 바닥에 주저앉은 채 얼굴을 붉히고 있었죠.
부끄럽지만 솔직히 말씀드리겠습니다.
사장님의 어머님은 제 첫사랑이셨습니다."

5

말을 마친 스자키는 지친 듯 한숨을 내쉬었다.
시오리코 씨는 허리를 곧게 편 채 꼼짝도 하지 않고 이야기를 들었다. 그녀의 무릎 위에는 『최후의 세계대전』이 놓여 있었다. 비닐이나 커버는 씌워져 있지 않았다.
"아까 사장님 말씀대로 어머님은 단순히 책을 돌려주러 온 게 아니었습니다. 갑자기 사라진 아버지를 이상하게 여기고, 그 책에 숨겨진 비밀이 무엇인지 확인하려고 오셨을 테지요. 그리고 이 책이 귀중한 고서라는 사실을 알아냈습니다. 자기 일에 충실하고 날카로운 통찰력을 가진 분이었습니다. 꼭 사장님처럼요."

시오리코 씨는 어깨를 움찔했다. 그리고 꿈에서 깬 듯 천천히 스자키를 바라보았다.

그녀가 지금 무슨 생각을 하는지 알 수 없었다.

"어머니가 이 책을 읽으셨나요?"

"네. 앞으로 참고하고 싶다고 하셔서 보여드렸습니다. 마치 머릿속에 새겨두려는 듯 꼼꼼히 읽으셨던 게 기억이 납니다. 얼마나 열심히 읽으셨는지 즐거운 듯 휘파람을 부시더군요. 맑은 소리는 나지 않았지만, 그게 더 매력적이었습니다."

나는 애써 웃음을 참았다. 이상한 휘파람을 부는 건 어머니에게 물려받은 버릇이었던 모양이다.

정작 본인은 그런 버릇을 가지고 있다는 걸 모르는 탓인지 별 관심을 보이지 않았다.

이야기를 들을수록 닮은 모녀라는 생각이 들었다.

시오리코 씨처럼 내성적이지는 않지만 어머니 역시 딸과 마찬가지로 자기 일에 열심인 책벌레인데다, 책에 관한 날카로운 통찰력을 가지고 있었다. 분명 모녀 사이도 좋았으리라.

어머니 이야기를 불편해하는 건 집을 나갈 때 분명 뭔가 일이 있었기 때문이리라.

"그때 아버지가 돌아오셨습니다. 어머님을 보고 꽤 놀란 눈치셨죠. 어머님은 책을 돌려주러 온 경위를 설명하고 나서 『최후의 세계대전』에 대해 모르는 점이 있는데 부디 가르쳐달라며 바닥에 이마가 닿도록 고개를 숙였습니다.

인터넷 같은 건 없는 시대였으니, 고서에 대한 지식을 얻으려면 고서점을 돌면서 실제로 책을 사든지, 잘 아는 사람에게 물어보는 것밖에 방법이 없었습니다. 아버지는 당시 얼마 없었던 후지코 후지오 옛날 작품의 수집가였으니 가르침을 구하기에는 둘도 없는 상대였죠.

그로부터 두 분은 이 방에서 오랫동안 이런저런 이야기를 했습니다. 어른들의 이야기라 저는 밖에 나가 있었지만……."

스자키는 아쉬운 표정으로 말했다.

"아버지는 어머님의 열의에 감복하셨는지…… 아니, 『최후의 세계대전』을 헐값에 구입한 데 죄책감을 느끼셨는지도 모르겠네요. 여하튼 소장하고 있던 초기 작품들을 비블리아 고서당에 상당수 파셨습니다. 아버지가 한 번 소장한 작품을 파는 일은 거의 없었는데도."

"어떤 작품들을 파셨나요?"

"저도 정확히 기억은 나지 않는데…… 현재 제법 고가로 판매되는 작품이었습니다. 나중에 책장을 보니까 잡지 별책부록이었던 『세 형제와 인간 포탄』, 『공포의 우란섬』 같은 책들도 보이지 않더군요."

"아버님께서 잡지나 별책부록도 많이 소장하고 계셨나요?"

"네. 그 무렵 아버지의 소장품은 대부분이 잡지였습니다. 나중에 단행본 중심으로 바뀌었죠."

스자키는 자리에서 일어나 캐비닛에서 단행본 한 권을 꺼냈다. 『센베』라는 제목의 만화였다.

"여기 있는 만화는 제 수집품과 꽤 겹치는 게 많습니다. 아버지의 유품이나 마찬가지니 『최후의 세계대전』은 드릴 수 없지만, 이 칸에 있는 만화 전부 비블리아 고서당에 맡기고 싶습니다. 가격은 원하시는 대로 정하십시오."

"네?"

그제야 시오리코 씨의 표정에 변화가 생겼다.

스자키는 쑥스러운 미소를 지으며 말했다.

"여기까지 책을 가져오시게 한 데 대한 사죄의 뜻과 30년 전에 『최후의 세계대전』을 팔아주신 데 대한 감사의 뜻입니다. 후지코 F. 후지오 전집이 간행되어서 가격이 떨어진 작품도 있지만…… 《후지코 후지오 랜드》도 초판으로 전부 가지고 있고, 《무당벌레 코믹스》 초판도 제법 있습니다. 이 『센베』도 드리겠습니다. 어쩌시겠습니까?"

스자키가 언급한 작품들의 가치는 잘 모르겠지만, 어쨌든 우리 가게에는 이득이 될 것이다.

아마 스자키가 자기 소장품을 양도하고 싶었던 상대는 첫사랑의 여인인 시오리코 씨의 어머니일 테지만, 그러지 못하니 어머니의 자질을 물려받은 시오리코 씨에게 주려는 것이다.

한편 당사자인 시오리코 씨가 대답을 하지 않았다. 심각한 표정으로 입술에 손을 대고 생각에 잠겨 있었다.

"시오리코 씨?"

내 목소리에 정신이 들었는지 그녀는 황급히 대답했다.

"아, 네. 감사합니다. 감사히 받겠습니다……. 일단 지금 책을 가져가고 나중에 매입가를 말씀드려도 될까요?"

"네, 상관없습니다. 그리고 여기 가져오신 책도 같이 감정해주셨으면 합니다."

"알겠습니다."

차로 책을 옮기는 건 당연히 내 역할이었다. 분명히 비닐 끈과 커터 칼이 차에 있을 텐데.

자리에서 일어나려 했을 때 시오리코 씨의 목소리가 들렸다.

"보여주셔서 감사합니다. 무척 도움이 됐습니다."

그녀는 스자키에게 『최후의 세계대전』을 건넸다.

"저희 가게에서 구입하셨을 때와 같은 상태로 보관하셨나요?"

"그럴 겁니다. 아버지는 비닐에 넣어두셨을 뿐이거든요. 상태도 30년 전과 거의 비슷할 겁니다."

"그렇군요. 그럼 30년 전에 저희 가게에 책을 가져오셨을 때, 그 상자는 어디서 꺼내셨죠?"

"네?"

뜬금없는 질문에 스자키는 의아한 표정을 지었다. 나는 말없이 시오리코 씨의 얼굴을 보았다. 화장기 없는 민낯이 평소보다 더욱 새하얘 보였다.

"어디였더라. 정확히 기억은 나지 않는데…… 아, 벽장이었습니다. 중요하지 않은 책이 쌓여 있는 상자가 여럿 있었는데, 그 중에 하나를 제가 꺼내서 책장에 꽂혀 있던 책을 넣은 기억이 나네요. 그건 왜 물어보십니까?"

"아뇨, 별 일 아니긴 한데 마음에 걸려서……."

시오리코 씨는 더듬거리며 말을 흐렸다. 그 이상 설명할 생각은 없는 것 같았다.

"아버님이 저희 어머니에 대해 뭐라고 말씀하셨나요?"

스자키는 기억을 되짚듯 고개를 들었다.

창문으로 들어오는 오후의 햇살이 방에 명암을 만들고 있었다. 이제 조명을 켜야 하는 시간이다.

"글쎄요, 아까 말씀드렸다시피 과묵하셨거든요. 아, 하지만 나중에 술을 마시다 이상한 말을 하신 적이 있습니다. 분명히…… 비블리아 고서당의 그 직원은 제삼자였다, 무슨 제삼자라고 하셨습니다."

지팡이를 잡으려던 시오리코 씨의 손이 순간 멈칫했다.

"……혹시 '선의의 제삼자'가 아니었나요?"

"아, 맞습니다. 그게 무슨 말입니까?"

그녀는 힘없는 미소로 대답을 대신했다.

수많은 만화책을 차에 싣고 스자키의 집을 출발했을 무렵에는 이미 해질녘이었다. 오가는 차들도 전조등을 켜고 있었다.

책을 가져다주러 갔을 뿐인데 생각보다 훨씬 오래 걸렸다.

"가게에 돌아가면 책을 감정할 겁니까?"

"네. 오늘 중으로 끝내야죠."

스자키는 내일 연락해도 된다고 했지만 시오리코 씨는 일을 미룰 생각은 없는 것 같았다.

일에 대한 책임감을 부모에게 물려받았는지도 모른다.

운전을 하며 나는 그녀의 어머니에 관해 생각했다.

스자키의 이야기를 들으면 결코 나쁜 사람이 아닌 것 같았다. 시오리코 씨가 한 명 더 있는 느낌이다. 스자키의 아버지도 '선의의 제삼자'라고 했다니까, 적어도 남에게 못되게 구는 사람은 아니었으리라.

빨간불 앞에서 차를 세우고 힐긋 조수석을 보았다.

시오리코 씨는 작은 종이를 만지작거리고 있었다. 차 안은 어두웠지만 '2천 엔'이라 적힌 글자가 똑똑히 보였다.

『최후의 세계대전』의 가격표였다.

"그건 아까······."

"스자키 씨의 허락을 맡고 가져왔어요."

가격표를 내려다보는 시오리코 씨의 눈동자는 전에 없이 매서웠다.

얼마 뒤에야 그녀가 화를 내고 있다는 사실을 알아챘다.

"이걸 그냥 둘 수 없었어요. 이런 가격표를 붙이다니 정말 믿을 수 없어······."

시오리코 씨의 가늘게 떨리는 목소리로 중얼거렸다.

2천 엔이라는 금액을 말하는 것일까.

"옛날 일이잖아요. 가격 설정을 잘못했다고······."

"가격 때문이 아니에요. 이건 그런 문제가 아니라고요."

"······그럼 무슨 문젠데요?"

"어머니 이야기는 하기 싫어요!"

그녀의 외침이 조용한 차 안에 울려 퍼졌다.

나보다 오히려 시오리코 씨가 더 놀란 것 같았다. 그녀는 진이 빠진 듯 힘없이 좌석에 몸을 기댔다.

"죄송해요. 하지만 이런 얘기를 들으면 다이스케 씨까지 불쾌해질 거예요. ……어머니 일은 생각하기도 싫어요."

신호가 파란불로 바뀌는 걸 보고 액셀을 밟았다.

우리는 오후나에 있는 식물원 옆을 지나치고 있었다. 폐장 시간을 알리는 안내 방송 소리가 희미하게 들렸다.

"하기 싫으면 하지 마세요."

나는 그렇게 말했다.

"하지만 생각하기 싫다는 건 잊을 수 없다는 뜻이잖아요. 혹시라도 말하고 싶어지면 언제든 들려주세요."

"왜죠?"

그녀는 고개를 갸웃거렸다.

대놓고 푹 찌르고 들어오다니. 나는 당황했다.

"그, 그건…… 시오리코 씨에 대해 알고 싶으니까요."

고백 같지도 않은 말이다.

그래도 나는 부끄러웠다. 시오리코 씨의 얼굴을 보지 않고 운전에 집중하려고 하는데, 나지막한 목소리가 들려왔다.

"사람이 없는 곳으로 가주세요."

"네?"

"조용한 곳에서 단둘이 이야기하고 싶어요."

다른 사람이 그렇게 말했다면 다른 뜻으로 받아들였을지도 모른다.

하지만 이 사람이 한 말이니 분명 말 그대로의 뜻이다.

"바다로 갈까요?"

"네."

육교를 지나서 보이는 교차로에서 가시오가와 강을 따라 난 도로를 남서쪽으로 달렸다. 이대로 직진하면 해변을 따라 난 국도가 나온다. 이 계절, 이 시간에는 아무도 없는 장소를 찾을 수 있을지도 모른다.

"그러고 보니."

갑갑한 침묵을 이기지 못하고 나는 말문을 열었다.

"『최후의 세계대전』의 뒷이야기가 궁금하더라고요. 기억을 잃은 주인공이 싸움에 휘말리는 부분까지만 들었잖아요."

"……정부가 로봇의 힘을 빌려 사람들을 탄압하고, 인류연맹이라는 조직이 그에 저항해요. 하지만 그 과정에서 자아를 가지게 된 로봇이 인류 전체에 반란을 일으키죠."

시오리코 씨는 평소보다 느린 목소리로 한마디씩 힘주어 설명을 시작했다.

"인류는 단결해 그에 맞서지만 로봇들의 압도적인 과학기술에 패배해 끝내 멸망 직전까지 내몰리게 돼요. 죽음을 눈앞에 둔 주인공은 기억을 되찾고, 마지막 순간을 아버지와 함께하기 위해 처음 눈을 뜬 방공호로 달려가요.

이 이야기의 주축은 인간에 반기를 든 로봇들이지만……저는 부모를 잃은 아이의 방랑기라고도 생각해요."

나는 스자키를 떠올렸다.

부모를 잃은 그에게 그 책은 지금까지보다 훨씬 깊은 의미를 갖게 됐겠지. 앞으로 『최후의 세계대전』을 읽을 때마다 돌아가신 아버지를 떠올리지 않을까.

"죽음을 눈앞에 두었을 때 만나고 싶은 부모님이 있는 그 소년이 부러워요."

긴 침묵 끝에 그녀는 바깥을 바라보며 중얼거렸다.

6

가마쿠라고교 전철역을 지나쳐 철도 건널목 근처 주차장에 차를 세웠다.

말없이 길을 건너 방파제 계단을 내려가 시치리가하마 해변을 밟았다. 파도와 같은 높이에 서자 새까만 바다가 갑자기 거대해진 것 같은 기분이 들었다.

해는 이미 저물어 고유루기미사키 곶 너머로 불빛이 반

짝이는 에노시마 섬이 보였다. 배 한 척 없는 평온한 밤바다가 저 멀리까지 펼쳐져 있었다.

시오리코 씨는 파도가 밀려오는 곳까지 다가가 걸음을 멈췄다.

우리 주변에는 아무도 없었다. 이곳이라면 무슨 말을 해도 남이 들을 걱정은 없을 것 같다.

"다이스케 씨."

서늘한 바닷바람에 그녀의 검은 머리카락이 흩날렸다. 머리카락을 쓸어 올리는 그녀의 왼손 안에는 아직 그 가격표가 있었다.

"제 어머니가 『최후의 세계대전』에 대해 정말 아무것도 몰랐을까요?"

"네?"

나는 질문의 의도를 파악할 수 없었다.

"제가 아는 고서 전반에 대한 지식은…… 옛날 만화에 대한 지식 역시 모두 어머니에게 배운 거예요. 어머니는 우리 가게에서 일하기 전부터 고서에 대한 지식을 갖추고 있었다고 들었어요. 우리 가게에 조금이나마 만화 코너가 있는 건 어머니가 매입을 시작했기 때문이에요. 그런 어머니가 그 책을 2천 엔에 팔다니, 있을 수 없는 일이에요."

"하지만…… 그 가격표에는 분명 2천 엔이라고 적혀 있었잖습니까."

"애초에 이 가격표 자체도 뭔가 이상해요. 케이스가 없는 책인데 가격표에 풀이 붙어 있지 않아요."

"아!

그러고 보니 비블리아 고서당에서는 케이스가 없는 책에는 가격표를 풀로 붙인다.

"구입하고 나서 뗀 게 아닐까요?"

"가격표나 책에 아무 흔적도 남지 않도록 떼어내는 건 불가능해요. 그리고 그 책은 파라핀지로 싸인 상태가 아니에요. 우리 가게에서는 상품을 진열하기 전에 꼭 종이로 싸잖아요."

나는 고개를 끄덕였다. 오늘 내가 했던 일이다.

"스자키 씨는 30년 전과 같은 상태로 보관했다고 말씀하셨어요. 아버지가 차로 돌아온 뒤에도 책은 그 상태였다고. 그 책은 우리 가게에서 판매한 상품이 아니에요."

"그럼 대체 어떻게 된 일입니까?"

도무지 영문을 알 수 없었다.

가게에서 판매하던 상품이 아니라면 스자키의 아버지는 어디서 그 책을 샀단 말인가.

"우리 가게에서 판매하던 상품이 아니라면 책의 출처는 하나밖에 없죠. **스자키 씨의 아버님이 가져오신 책 속에**

『최후의 세계대전』이 섞여 있던 거예요."

"네?"

나는 눈을 부릅떴다.

머릿속이 혼란스러웠다.

"그럼 가게에서 산 책이 아니란 말입니까?"

"네. 저희 가게에 오기 전부터 가지고 있던 책이 쓸모없는 책을 넣어두는 상자에 우연히 섞여 들어간 거죠. 스카키 씨의 이야기를 잘 떠올려보세요. 그분은 아버님이 『최후의 세계대전』을 사는 장면을 보지 못했어요. 그 책을 안고 달려오는 모습을 봤을 뿐이죠."

"하지만 오랫동안 그 책을 찾았다고 하셨잖아요. 그것도 거짓말이었습니까?"

"그건 사실일 거예요. 아마 우리 가게를 찾아오기 몇 주 전에 입수했겠죠. 하지만 그 사실을 감춰야 할 속사정이 있었어요."

시오리코 씨는 바다를 바라보며 말했다.

불현듯 스카키의 이야기가 머릿속을 스치고 지나갔다.

스카키의 아버지는 처음에 발견된 『최후의 세계대전』이 도쿄의 만화 전문점에서 비싼 가격에 판매된다는 소식을 듣고 그곳을 찾아갔다고 한다. 구경으로 그치지 않고 책을 구입했다는 건가?

아니, 그 이야기는 거기서 끝이 아니었다.

가게에 도착했을 때는 이미 누군가가 훔쳐간 뒤였다고 했습니다.

등줄기가 서늘해졌다.
"설마……"
그 말이 사실이라는 보장은 없다.
『최후의 세계대전』을 훔친 게 스자키의 아버지였다면?
시오리코 씨의 추리는 그렇게 말하고 있었다.
"오랜 세월이 지난 지금으로서는 아무 증거도 없어요. 지금부터 하는 이야기는 전부 제 억측이에요."
그렇게 말해두고 절제된 목소리로 이었다.
"스자키 씨의 아버님은 도쿄까지 『최후의 세계대전』을 구경하러 갔어요. 어릴 적부터 간절히 찾던 그 환상의 작품이 눈앞의 진열장에 있었죠. 충동적으로 손을 댔던 거라도 동정의 여지는 있을 거예요.

물론 그는 엄청난 죄책감에 시달리죠. 어두운 표정으로 돌아와 몇 주 동안 말 한마디 하지 않았고, 마시지 못하는 술까지 마셨지만 기분은 나아지지 않았어요.

어쨌든 기분 전환을 하려고 아들과 드라이브를 가기로

했어요. 도중에 쓸모없는 책을 팔아서 조금이라도 밥값에 보태려고 했어요. ……그게 원흉이었죠.

그는 훔친 책을 벽장의 상자에 숨겨놨어요. 다른 소장품과 같이 진열해둘 수는 없었으니까요.

하지만 책 정리를 돕던 아들이 그 상자에 파는 책을 넣어버린 거예요. 스자키 씨의 아버님은 그것도 모른 채 우리 가게로 상자를 가져와 어머니에게 감정을 부탁했어요.

어머니가 『최후의 세계대전』을 상자에서 꺼내는 걸 보고 분명 심장이 멎을 만큼 놀랐겠죠.

틀림없이 어머니는 그 작품의 가치를 알고 계셨을 테고, 어쩌면 최근에 도난당했다는 사실을 지적했을지도 몰라요.

좌우지간 기겁한 그는 다른 책은 놔둔 채 소중한 수집품을 안고 도망치듯 가게를 뛰쳐나왔어요.

매입 서류에 주소를 끝까지 쓰지 않았고, 이름이나 전화번호도 없었죠. 게다가 타고 온 차량도 자신의 소유가 아니었으니, 신원이 밝혀질 일은 없다고 안심했겠죠."

하지만 비블리아 고서당에는 뛰어난 통찰력을 가진 여성이 있었다. 그녀의 존재가 바로 그의 오산이었다.

"그만한 단서가 있었으니 집을 찾아내는 정도는 어머니에게 식은 죽 먹기였겠죠. 아마 직업이나 취미, 학력이나 가족 구성까지 알아냈을 거예요."

"그런 것까지요?"

"'가지고 있는 책을 보면 책 주인에 대해 대충 알 수 있지.' 그게 어머니의 입버릇이었어요. 일종의 프로파일링 같은 건데, 저도 믿기지 않을 만큼 정확하게 들어맞았어요. 그렇게 정확하게 알아맞힐 수 있는 사람은 아마 어머니밖에 없을 거예요."

"시오리코 씨도 못 하신다고요?"

"네, 저도 못해요."

그녀는 단박에 대답했다.

책에 대해 이 사람보다 더 잘 아는 사람이 있다니, 상상이 가지 않았다. 뭔가 께름칙한 기분마저 들었다.

"애초에 그 집에 도착했을 때에는 그 『최후의 세계대전』이 도난품일 줄은 몰랐겠죠.

아마 스자키 씨와 이야기를 나누는 도중에 확신했을 거예요. 그 책을 우리 가게에서 산 줄 알았지만, 그분의 이야기에는 중요한 정보가 들어 있었어요. 아버지가 오랫동안 『최후의 세계대전』을 찾아 헤맸던 후지코 후지오 마니아로, 그 책을 어디서 구했는지 아들에게조차 말하지 않았다는 것.

'가르쳐줘서 고마워'란 말은 아마 그런 뜻으로 한 말이었을 거예요."

오늘 들은 많은 이야기들이 전혀 다른 의미를 띠기 시작했다.

시오리코 씨의 추리가 전부 사실이라면, 그녀의 어머니가 말한 '다른 의미'의 감사 인사에 스자키는 마음을 빼앗긴 것이다.

갑자기 가슴이 갑갑해졌다.

"그럼 스자키 씨의 아버지에게 고개를 숙인 것도……?"

"그 책에 대해 모르는 게 있다, 가르쳐달라는 건 단순히 사실대로 자백하라는 협박이었을 거예요. 일부러 스자키 씨를 내보내고 단둘이서 이야기를 나눈 것도 아이가 들어서는 안 될 이야기였기 때문이고요.

경찰에 신고하거나, 아니면 자수를 권하고 그 책을 원래 주인에게 돌려주는 게 도리에 맞는 해결책이겠죠. 하지만 어머니는 그럴 사람이 아니었어요."

"……어떤 분이셨는데요?"

저도 모르게 그런 물음이 튀어나왔다.

시오리코 씨는 핏기 없는 입술을 꼭 깨물었다.

"억지로 말하지 않으셔도……."

황급히 말리려는데 그녀는 고개를 저었다.

"아뇨, 괜찮아요. 저희 어머니는 무척 머리가 좋은 분이셨지만, 천진난만한 얼굴로 잔인한 행동을 하고는 했어요.

꼭 어린애들이 장난치는 것처럼 꺼림칙한 상품도 태연하게 사고팔았죠. 이때도 분명 말도 안 되는 요구를 했을 거예요."

"『최후의 세계대전』을 내놓으라고요?"

"그 생각도 당연히 했겠죠. 하지만 그렇게 책을 얻어도 판매할 수가 없어요. 도난품이라는 사실을 알면서도 매매하면 처벌을 받으니까요. ……그러니까 『최후의 세계대전』 건을 모른 척해주는 대가로 다른 값나가는 수집품을 내놓으라고 요구한 거예요."

"네?"

"오늘 받은 단행본도 그렇지만, 그 방에 있던 수집품 중에는 그리 오래된 물건이 없었어요. 모두 1980년대에는 아직 출판되지 않았거나, 매입가가 얼마 되지 않는 것들이었죠.

그 당시 스자키 씨 아버님은 일각에서 주목을 받았던 초기작, 특히 잡지나 별책부록을 다수 소장하고 있었다고 했어요. 1960년대까지 월간 만화잡지의 부록은 대부분 별책만화였으니까, 데뷔 당시부터 팬이었다면 당연히 수집했겠죠.

아마 어머니는 그걸 전부 내놓으라고 했을 거예요."

"……공짜로 말입니까?"

"거기까지는 모르겠어요. 좌우간 스자키 씨의 아버님은 저항했겠죠. 본인의 수집품을 내놓는 일은 거의 없었다고 했잖아요. 그래서 어머니는 스자키 씨의 아버님을 설득하기 위해 이걸 써주기로 한 거예요."

그녀는 '2천 엔'이라고 적힌 가격표를 내밀었다. 조금 거세진 바람에 가격표가 팔락거렸다.

나는 잠시 생각에 잠겼다.

"써주기로 했다면, 나중에 쓴 겁니까?"

"네. 스자키 씨는 아버님이 그 책을 저희 가게에서 샀다고 오해하고 있었죠. 어머니는 그 오해를 거짓말로 발전시켜, 혹시라도 도난당한 『최후의 세계대전』을 가지고 있다는 사실이 들통 나더라도 처벌받지 않도록 해주겠다고 거래를 제안한 거예요. 이 가격표는 그걸 위한 소도구였고요."

"소도구라니…… 그런 일이 가능합니까?"

"'선의의 제삼자'가 무슨 말인지 아세요?"

"아뇨."

말 자체로만 놓고 보면 뭔가 좋은 뜻일 것 같은데.

"이건 법률용어예요."

"법률용어요?"

"네. 이를테면 어떤 손님이 우리 가게에 훔친 물건을 가지고 왔어요. 장물인 줄 모르고 매입해 다른 손님에게 팔았더라도 기본적으로는 처벌받지 않아요. 당사자들 사이의 특정한 사정을 모르는 제삼자, 그걸 민법에서는 '선의의 제삼자'라고 부르죠. 이 가격표는 어머니와 스자키 씨의 아버님이 '선의의 제삼자'였다는 상황 증거가 될 수 있어요."

나는 고개를 갸웃거렸다.

머릿속으로 상황을 정리하려고 애썼지만 마음처럼 되지 않았다.

"죄송합니다. 조금 더 알아듣기 쉽게······."

"만일 이 가격표를 진짜라고 친다면 『최후의 세계대전』을 우리 가게에 판 사람이 따로 존재한다는 사실이 입증된다는 뜻이에요. 동시에 이 2천 엔이라는 가격은 어머니가 책의 가치를 알아채지 못한 채, 한마디로 도난당한 고가의 상품인 줄 모르고 매매했다는 사실을 뜻하죠.

요컨대 어머니는 자신들과 상관없는 가공의 범인을 만들어낸 거예요. 아무것도 모르고 범인에게 책을 싸게 사들여 팔았다는 줄거리를 만들어 놓으면 법적으로 아무도 처벌받지 않으니까요."

꼭 여우에 홀린 기분이었다. 대충 어떻게 된 일인지 이해는 갔다. 피해자가 피해를 청구할 수 있는 상대는 기본적으로 범인뿐이라는 뜻이리라.

"그렇게 일이 잘 풀립니까?"

"그렇지는 않을 거예요. 선의의 제삼자라 해도 장물 반환 의무가 발생할 가능성도 있고요. 하지만 어머니가 그런 것까지 일일이 설명하지는 않았을 거예요. 스자키 씨의 아버님을 설득할 수 있으면 족했으니까요. 어찌 되었든 이제 와서는 시효가 지난 일이죠."

그녀는 손에 든 가격표를 입에 물어 찢었다. 그리고 어두운 바다를 향해 날려버렸다.

종잇조각은 하얀 파도에 휩쓸려 눈 깜짝할 사이에 사라졌다.

"제 어머니가 어떤 사람인지 이제 아셨죠? 고서에 대한 풍부한 지식과 날카로운 두뇌를 가진, 속을 알 수 없는 사람이에요. 10년 전에 모습을 감춘 뒤로 연락 한 번 없어요."

갑작스레 이야기가 핵심에 가까워졌다.

나는 긴장을 풀기 위해 크게 숨을 내쉬었다.

"편지 같은 것도 없어요?"

"없었어요. ……저한테는 책을 한 권 남겼지만."

시오리코 씨는 힘없이 웃었다.

"책이요?"

"다이스케 씨도 아는 책이에요. 사카구치 미치요의 『크라크라 일기』죠."

그녀의 방에서 본 그 책이다.

사카구치 안고의 미망인이 쓴 수필. 내게 더 이상 읽지 않으니 세일 매대에 내놓으라고 했던 책.

"그런 사연 있는 책을 세일가로 판 겁니까?"

"아뇨, 그건 어머니가 남긴 책이 아니에요. 어머니는 저에게 자주 책을 선물했어요. 당신 마음을 책에 담는 걸 좋아했죠. 남겨진 『크라크라 일기』를 보았을 때 어머니가 무슨 말을 하려는지 알았어요."

"……그게 뭔데요?"

시오리코 씨는 내가 이 질문을 하기를 기다리고 있었다. 그런 직감이 들었다.

"따로 좋아하는 사람이 생긴 거예요. 『크라크라 일기』에는 작가가 어린 딸을 남기고 집을 나와 안고에게 가는 장면이 나오니까."

무거운 침묵이 흘렀다.

예전에 왜 『크라크라 일기』를 좋아할 수 없다고 했는지 이제야 조금 알 것 같았다.

"아까 제가 어째서 스가키 씨에게 사실대로 말하지 않았다고 생각하세요?"

시오리코 씨는 아직도 어두운 바다를 바라보고 있었.

하늘을 가린 짙은 구름 때문에 별빛 한 점 비추지 않는 밤이었다.

바다 위를 비추는 건 아무것도 없다.

"이제는 증거도 없고…… 그리고 그분의 추억을 깨뜨리지 않기 위해서 아닙니까?"

잠시 생각한 끝에 나는 그렇게 대답했다.

아버지는 귀한 고서를 훔친 범인이고, 첫사랑의 여인은 그걸 빌미로 다른 고서를 빼앗아갔다.

이런 '진실'을 누가 알고 싶어할까.

"그것도 그렇지만, 더 큰 이유가 있어요."

순간 그녀는 입을 다물었다. 이를 꽉 악물고 있는 것이다. 금방이라도 울음을 터뜨릴 것 같은 표정이었다.

"사실대로 말하면 그 만화를 양도해주지 않을지도 모른다고 생각이 들었어요. ……결국 저 역시 30년 전의 어머니와 똑같은 짓을 한 거죠. 『최후의 세계대전』에 홀려 그 집을 찾아갔다 다른 만화를 싸게 매입해 들고 오는…… 그런 저에게는 어머니를 탓할 자격이 없어요. 스가키 씨의 말씀대로 어머니와 저는 닮은꼴이에요."

바다를 향해 싸늘한 바람이 불었다.

그녀는 가녀린 몸을 한껏 움츠렸다. 하마터면 가늘게 떨리는 그 어깨를 무심코 껴안을 뻔했다.

"……전 평생 결혼하지 않을 작정이에요."

뜬금없는 선언에 나는 멈칫했다.

대체 무슨 말을 하려는 거지?

"누군가와 결혼해 아무리 행복한 가정을 꾸려도, 언젠가 어머니처럼 가족을 버릴지도 몰라요. 그러지 않을 자신이 없어요."

이 사람은 아마 나를 이성으로 보지 않을 것이다. 그 사실은 알고 있었지만, 왠지 완곡하게 거절당한 기분이 들었다.

다소 별나지만 누구보다 진지한 그녀는 결혼을 전제로 하지 않는 한 남자와 사귀는 일이 없을 것이다.

"이제 그만 갈까요?"

그녀는 여느 때와 다름없는 목소리로 말했다. 지팡이를 짚고 조금씩 몸을 틀어 계단을 오르기 시작했다.

"이야기를 들어주셔서 고마워요. 조금 속이 후련해졌어요."

그와는 반대로 내 마음은 무거운 돌을 얹어놓은 듯 갑갑했다.

그녀의 뒤를 따라 계단을 오르며 물었다.

"『최후의 세계대전』은 어떻게 끝나죠?"

나는 출렁이는 긴 머리를 바라보며 물었다.

이 자리에서 내가 할 수 있는 말은 그것밖에 없는 것 같았다.

"주인공은 지하 방공호에 도착해요. 꼼짝도 하지 않는 아버지에게 매달려 두 번 다시 헤어지지 않겠다고 맹세하죠. 하지만 방공호에 로봇이 침입해 주인공을 죽이려 해요."

발밑을 내려다보며 그녀는 보폭에 맞추듯 천천히 말을 이었다.

"그 순간 아버지가 눈을 떠서 로봇을 쓰러뜨리죠. 한편, 지상을 제압하려던 로봇들은 방사능의 영향으로 전자두뇌가 망가지고, 동족끼리 죽고 죽이다 전멸하게 돼요. 다시 만난 부자가 전쟁이 끝난 지상에 모습을 드러내며 이야기는 막을 내려요."

"좋은 결말이네요."

나는 솔직한 감상을 말했다.

"그럴지도 모르겠네요."

잠시 뒤에 그녀는 한숨 섞인 목소리로 중얼거렸다.

에필로그

사카구치 미치요 『크라크라 일기』 (분게이슌슈) · 2

어디서 날아왔는지 가게 앞에 낙엽들이 쌓여 있었다.

일주일에 한 번은 깨끗이 비질을 하는데, 한동안은 매일 청소해야 할 것 같다.

나는 세일 매대와 간판을 가게 안에 들여놓고 '영업 중'이라 적힌 문패를 뒤집어 '준비 중'으로 바꾸었다.

어디선가 까마귀 우는 소리가 들렸다.

이제 영업 종료 시간이다.

가게 안으로 들어가자 시오리코 씨가 현금을 지퍼가 달린 주머니에 넣고 있었다.

"돈을 금고에 넣고 올게요. 전기도 다 꺼주세요."

시오리코 씨는 빠릿빠릿하게 지시를 내리고 안채로 들어갔다. 문을 열었을 때 희미하게 카레 냄새가 났다. 오늘 저녁 메뉴는 카레인 모양이었다.

혼자 남겨지자 갑자기 가게가 넓게 느껴졌다. 시오리코 씨가 병원에 입원해 있던 여름에는 매일 혼자 있었는데 말이다.

후지사와로 옛날 만화를 매입하러 갔던 날부터 벌써 2주나 지났다.

시오리코 씨는 이제야 기운을 되찾은 것 같았다.

매입한 책의 일부는 인터넷으로 판매했고, 나머지는 업자들이 거래하는 고서 시장에 내놓아 경매에 붙였다. 인기 있는 단행본이 많아서 상당수의 고서점에서 입찰에 참가해, 최종적으로 간다 진보초_{일본 최대의 고서점 거리로 유명한 지명}의 오래된 가게에서 낙찰했다. 지금쯤은 다른 후지코 후지오 마니아의 방에서 컬렉션 일부를 차지하고 있을지도 모른다.

계산대만 남기고 나머지 조명은 모두 껐다. 진열장의 형광등 코드도 뽑았을 때 시오리코 씨가 돌아왔다.

한 손에 커다란 종이봉투와 김이 피어오르는 머그컵을 들고 있었다. 봉투가 무거운지 손이 가늘게 떨렸다.

"이것 좀 받아주실래요?"

"아, 네."

머그컵과 봉투를 받아 계산대 위에 올려놓았다.

봉투에는 양장본이 가득 들어 있었다. 컵에 담긴 건 인스턴트커피였다.

"책은 내일 아침에 세일 매대에 진열해주세요. 커피는 드시고요. 오늘도 수고 많으셨습니다."

"감사합니다."

나는 머그컵을 들고 커피를 한 모금 마셨다.

시오리코 씨가 생글생글 웃으며 커피를 마시는 내 모습을 지켜보았다. 혼자 마시려니까 뭔가 마음이 편치 않았다.

"블랙인데 괜찮으세요? 안에 우유하고 설탕이 있으니까 필요하면 가져올게요."

"괜찮습니다."

나는 고개를 저었다. 솔직히 어느 쪽이든 상관없다.

"저기, 시오리코 씨는 안 드십니까?"

"아."

그녀는 손으로 입을 막았다. 마시지 않는 게 아니라 깜빡한 모양이었다.

"제 것도 타올게요. 잠깐만 기다리세요."

"아, 저기."

서둘러 안채로 들어가기 전에 나는 다급히 말을 걸었다. 다시 들어갔다 나오려면 꽤 시간이 걸리리라.

"제가 마신 거라도 괜찮다면 같이 마실래요? 양도 많고

해서요."

그녀는 잠시 생각한 끝에 고개를 끄덕였다.

"그럼…… 잘 마실게요."

계산대 구석에 컵을 내려놓고 우리는 번갈아 커피를 마셨다.

요즘 들어 하루 일과가 끝나면 이렇게 마실 것을 가져다주고는 한다.

"아, 맞다. 괜찮으시면 저희 집에서 저녁 드시고 가실래요?"

시오리코 씨는 갑자기 생각난 듯 말했다.

"지금 동생이 카레를 만들고 있는데, 둘이서 먹으면 항상 남거든요."

"네? 그래도 될까요?"

여기서 일한 지도 벌써 세 달이 지났지만 이런 일은 처음이었다.

"치킨 카레인데 입에 맞으시면……."

"좋아합니다! 저희도 항상 닭고기를 넣거든요."

"아, 저희도요. 밖에서 먹을 때는 다른 카레도 먹지만."

일전에 시치리가하마 해변에서 이야기하고 나서부터 그녀와 더욱 가까워진 것 같았다

어머니 이야기를 들어서일까? 그와 더불어 평생 결혼할

생각이 없다는 이야기까지 들었지만.

조금씩 이야기를 나누며 나는 별 생각 없이 봉투에서 책을 꺼내 계산대에 올려놓았다. 저번처럼 자기 방에서 가져온 책인 모양이었다.

'어?'

낯익은 책등이 보였다. 사카구치 미치요의 『크라크라 일기』. 게다가 세 권이나 됐다. 전에도 대여섯 권은 내놓았는데. 빈 봉투를 접는 그녀와 눈이 맞았다.

"『크라크라 일기』가 또 있네요?"

"샀어요."

"샀다고요?"

나는 그렇게 되물었다. 사라진 어머니가 남긴 책이라 좋아하지 않는다고 했으면서.

"왜 똑같은 책을 또 산 겁니까?"

"……비밀이에요."

선이 고운 입술에 미소가 번졌다. 아니, 쓴웃음일지도 모른다.

나는 커피를 한 모금 마셨다. 더 물어보면 안 될 것 같았다.

'하지만.'

요즘 이런 생각이 곧잘 들었다.

누군가에 대해 깊이 알려면 이것저것 꼬치꼬치 캐물을 수밖에 없는 게 아닐까?

아무것도 하지 않고 그저 지켜보기만 하면 지금의 관계도 사라져버릴지도 모른다. 나는 그런 경험을 이미 했다.

나는 머그컵을 조용히 내려놓았다.

"그 비밀, 제가 맞춰볼까요?"

커피를 마시려던 시오리코 씨의 눈이 반짝였다.

말하지 말 걸 그랬나.

좀 후회되었지만, 한번 꺼낸 말을 다시 주워 담을 수도 없다.

"……그게 끝이에요?"

그녀는 고개를 갸웃거렸다.

"네?"

"아뇨, 이런 경우에는 맞추면 이렇게, 틀리면 저렇게 하겠다는 둥 조건이 붙잖아요. 그런 건 없나 해서."

이 화제를 꺼낸 걸 불쾌해하는 것 같지는 않았다. 조건이 없느냐고 물을 줄이야.

"그럼……."

나는 허둥거렸다. 곧장 적당한 '조건'이 떠오르지 않았다.

"이번 주말에 같이 어디 갈래요? 차를 타고 시오리코 씨가 좋아하는 곳에 가죠."

내가 말했지만 속이 빤히 들여다보이는 제안이었다.

누가 들어도 데이트 신청이다. 애초에 이걸 조건이라 할 수 있을지…….

"네, 좋아요."

뜻밖에도 순순히 받아들이는 그녀의 모습에 나는 내심 깜짝 놀랐다.

"정말 괜찮겠습니까?"

"네. 다리 때문에 다른 고서점에 가보지 못한 지 오래됐거든요. 어디든 상관없는 거죠?"

오히려 그녀는 들뜬 목소리로 물었다.

장소는 고서점 한정이라. 데이트라는 생각은 털끝만큼도 하지 않는 것 같다.

뭐, 그럼 어때.

나는 헛기침을 했다.

"그럼 질문해도 되겠습니까?"

관자놀이에 손을 대며 물었다.

실은 어렴풋이 짐작이 갔지만, 확인하고 싶은 점이 몇 가지 있었다.

"제가 대답할 수 있는 질문이라면."

"어머님이 두고 가신 책은 어떻게 했습니까?"

"……처분했어요."

"시오리코 씨 앞으로 남긴 편지가 있었습니까?"

순간 그녀는 눈을 감았다.

내가 진상에 근접했음을 알아챈 것이다.

"모르겠어요."

"모르겠다고요?"

"이상으로 질문을 마감하겠습니다."

시오리코 씨는 장난스레 웃었다.

그만큼 싫어하던 어머니 이야기가 나왔는데도 평소와 다름없어 보였다. 꼭 자신이 풀지 않더라도, 책에 관련된 수수께끼는 무엇이든 좋아하는 것일까.

나 역시 마찬가지였지만.

"답을 찾으셨나요?"

머릿속에서 지금까지 얻은 정보를 정리했다.

대충 답은 나와 있었다. 추리한다기보다 시노카와 시오리코라는 인물을 이해하는 느낌에 가까웠다.

"어머님이 남기신 『크라크라 일기』를 처분했다고 했죠?"

"네."

"하지만 버렸다는 말은 하지 않았죠."

나는 말을 이었다. 여기서부터가 중요하다.

"다른 책들과 함께 고서 시장에 내놓은 게 아닙니까? 시장까지 가져간 건 그 무렵 가게를 운영하던 아버님이시고요. 그래서 어느 고서점에 팔렸는지는 모르는 거죠."

그녀는 말없이 내 이야기에 귀를 기울였다. 여기까지는 얼추 맞는 모양이었다.

"시오리코 씨는 계속 그 책을 찾고 있는 거예요. 어쩌면 어느 고서점에서 팔고 있을지도 모르니까. 여기 있는 건 인터넷으로 산 헌책이죠? 비슷한 책이 눈에 띌 때마다 주문해서 확인하고, 찾던 책이 아니라는 걸 알면 다시 균일가 판매대에 내놓아 팔았죠. 그래서 같은 책이 이렇게 많은 겁니다."

커피는 이미 식어 있었다.

시오리코 씨는 생각을 정리하듯 커피를 한 모금 마셨다.

"이미 떠나보낸 책을 왜 다시 찾는다고 생각하세요?"

"방금 말씀드린 대로, 책 속에 편지가 있을지도 모르니까요. 시오리코 씨는 어머님의 책을 보았을 때 그 속에 어떤 마음이 담겼는지 알아챘다고 했어요. 그래서 책을 읽지 않고 처분한 겁니다.

하지만 나중에 이런 생각이 들었겠죠. 어쩌면 그 책 속에 딸에게 보내는 메시지가 적혀 있을지도 모른다고. 그걸 확인하고 싶으신 거죠?"

가게 안이 정적에 휩싸였다.

나는 말없이 시오리코 씨의 대답을 기다렸다.

이 사람은 어머니와 자신이 닮았다고 했다. 하지만 그렇다고 무슨 생각을 하는지 훤히 알 수 있을 리 없다. 그렇기 때문에 어머니가 두고 간 책을 되찾아 직접 확인하려 하는 것이리라.

"……요코하마에 전부터 가보고 싶었던 고서점이 있어요."

시오리코 씨는 내 얼굴을 보지 않고 중얼거렸다.

"이번 주말에 같이 가요."

저자후기

 1권 후기에서도 언급했습니다만 이 소설의 무대로 기타가마쿠라를 택한 건 이미지와 맞았기 때문이기도 했고, 저에게 가장 친숙한 지역이었기 때문입니다.

 3년 동안 저는 기타가마쿠라에 있는 고등학교에 다녔습니다. 오후나 역에서 버스를 타든지, 기타가마쿠라 역에서 가파른 언덕을 올라 주택가를 지나면 콘크리트 건물이 보입니다. 여기까지 말하면 알아채신 분도 계시겠지만, 주인공인 다이스케가 다녔던 고등학교의 모델은 제 모교입니다.
 지대가 높아서 경치가 좋은 학교였습니다. 날이 맑으면 바다까지 보였죠.

1권이 출간되고 나서 감사하게도 많은 분들이 감상을 보내주셨습니다만, 주인공의 모교를 정확히 맞추시는 분들이 계셔서 내심 놀랐습니다. 아마 그 학교를 졸업하신, 제 선배나 후배 되시는 분들이겠죠. 지각하지 않으려고 산길을 뛰어 올라가는 게 얼마나 괴로운지 분명 신물 날 정도로 잘 아시겠죠.

이 이야기에는 실재하는 존재와 그렇지 않은 존재들이 뒤섞여 있습니다. 이 역시 1권 후기에 적었지만, 작중에 등장하는 고서는 전부 실재하는 작품입니다. 또한 가마쿠라 주변의 지명도 존재하는 지명을 그대로 쓰고 있습니다.

주인공들이 드나드는 시설이나 가게는 모델이 존재하는 곳도 있지만, 그렇지 않은 곳도 있습니다. 주인공의 모교처럼 이 지역을 잘 아시는 분들은 의외로 금방 알아보시더군요.

하지만 등장인물은 완전한 픽션입니다. 이런 사람들이 어딘가에 살고 있지는 않습니다. 이러한 점들은 제 안에서 명확하게 구분되어 있습니다.

1권에서처럼 조사할 내용이 많았지만 가마쿠라의 고분도서점을 비롯해 취재에 도움을 주신 여러분께 진심으로 감사의 말씀을 드립니다.

그리고 독자 여러분께도 감사드립니다. 이야기는 이제야 본편에 들어섰습니다. 다음 권도 함께해주시면 감사하겠습니다.

『비블리아 고서당 사건수첩』 3권에서 다시 만납시다.